U0576244

槐乡偶书

周中罡 著

浙江工商大学出版社·杭州

图书在版编目（CIP）数据

槐乡偶书 / 周中罡著. -- 杭州：浙江工商大学出版社，2024.12. -- ISBN 978-7-5178-6187-4

Ⅰ. I267

中国国家版本馆 CIP 数据核字第 2024US9413 号

槐乡偶书
HUAI XIANG OU SHU

周中罡 著

出 品 人	郑英龙
策划编辑	沈　娴
责任编辑	刘　颖
责任校对	孟令远
封面设计	观止堂_未氓
责任印制	祝希茜
出版发行	浙江工商大学出版社
	（杭州市教工路 198 号　邮政编码 310012）
	（E-mail:zjgsupress@163.com)
	（网址:http://www.zjgsupress.com)
	电话:0571 - 88904980,88831806(传真)
排　　版	杭州朝曦图文设计有限公司
印　　刷	浙江海虹彩色印务有限公司
开　　本	787 mm×1092 mm　1/32
印　　张	12.25
字　　数	172 千
版 印 次	2024 年 12 月第 1 版　2024 年 12 月第 1 次印刷
书　　号	ISBN 978-7-5178-6187-4
定　　价	68.00 元

序

　　人生待足何时足，未老得闲始是闲。不惑之年，闻此语而豁然开朗。厌倦城居久，早生归野意，遂卜居高槐，拾掇小院，曰等闲居。

　　山似青螺，田如画屏，清流环抱，村舍俨然。邻人路遇，笑靥如花，孩童奔迎，若归故里。拓荒半亩，随节令以种时蔬；灌园一日，似负重而奔百里。衣衫汗湿，赘肉离身，其乐陶陶也。

　　书架罗列先贤佳构，尤爱隐逸高士、画人墨迹，隔空对语，如逢旧友。闲时焚香煮茗，红白绿黑，滇闽川藏，随意点取，小啜片刻，浑身通泰。

　　兴来挥毫，案前研墨，铺纸作字，寻前贤法帖，琢磨对临。遇身边趣闻,或偿稿约,或作村居日志,记叙数则,指尖点送,网络邮差,瞬间抵达。

出门独行,漫步村头,乡邻闲话,寒暄饭否;观溪边钓翁,论鱼儿短长。村中茶社,寻相熟店主,海阔天空,畅聊一晌。沿溪流,采杂花野卉,拾怪石枯木,作案头清供。时遇蘑菇木耳,天然山珍,又得一餐美味。穿山径,登高处,临风开怀,此时也,宜朗声长啸。

山居最可人处,凡晴日,金乌西坠,晚霞映空,层云渐变,如观巨幕幻影,目睹而神游。城市之中,高楼丛立,霓虹璀璨,然人设幻境,终欠生气。待霞光收敛,暮色四合,农人暮归,炊烟四起,邻舍墙外,菜香横溢。蓦然仰首,月上林梢。既归山房,洗陶罐,作瓶插,平添一派朴拙古雅。做野味,烹羹汤,瓜菜佐酒,小酌数杯,微醺而眠。

今作山居客,得个中滋味,幸甚。

目　录

卷一　寻幽

　　明人高濂居西湖畔,作《四时幽赏录》,春夏秋冬,各十二赏,独得个中妙味。余客高槐,稍得闲暇,则施施然于村中漫游,或沿溪行,探幽谷之妙;或披荆棘,穷深林之险。山水四季,异态纷呈,每得一景致,便欲呼朋唤友,开怀畅饮为快。乡村兴文旅,客每至,问询村之高槐巨树何在,未果,而索然太息,深有憾焉。余谓浅丘亦可游哉,驱车马,驰如风,匆匆过客,岂得村游妙味?槐村胜境莫私藏,岩下水榭石台凉,寻得林泉佳妙处,云端仙客思凡乡。今撷槐乡野趣一束,以飨同好。抑或他日有共鸣者,按图索骥导览之,岂不快哉?

岩鹰远眺

岩鹰山，村北屏障，林木森然，人迹罕至。携幼子士同，摸索而上，山径蛇行，绿苔盈阶，茅草过人。林下腐叶绵厚，枯枝凌乱，其上木耳、灵芝生焉。登顶四顾，微风迎面，倍觉神清气爽。北望鹿头关绵延横亘，西眺德阳城群楼高耸，晨昏云霞晕染，恍若阆苑，比邻东湖秀色，是故，一半山水一半城也。俯视槐乡，溪流蜿蜒，村居俨然。惜乎东南山腰处，零落山舍，蓝顶刺目，略有憾也。

晨曦梦境

槐乡村居，震后援建，二层洋楼，双排夹迎，村道横穿，一路康庄。溪流曲折，田畴错落，山林护佑，如居金盆。最喜冬日好景,晨曦未开,星光勾人,屋舍隐约,车道穿行,光柱朦胧,若飞船往来,赴王母盛宴。鸡鸣狗吠,言语互答,其声有之,其形无踪,较市井之喧闹,此人间安闲也。

石堰古渡

　　高石堰,河流名,亦具石堰之实,流经村中央,夹岸多枫杨、刺槐,夏日蝉鸣,若临赛场。三五株垂柳,临水欹斜,枝干粗实苍黑,浓荫蔽日,若一古渡口。人,老死故土;水,奔流他乡,至沱水,汇长江,入东海也。时有白鹭欢飞,形影相随,上下一双。堰堤置汀步,似琴键,水自石隙出,或缓或急,落差丈许,便有流泉飞瀑,跳珠溅玉。堰外多野趣,有石桥遗迹,尚存砥柱,昔洪水肆虐,条石凌乱,今沟底石壁光滑,绿苔盈身。初入村,画友写生,村民指认风景佳处,此为第一。余数度徘徊,于水边偶拾一木,形若古琴,妙趣天成。未假刀斧,作一茶台,甚喜。

豹洞幽谷

豹子洞,传百年前山中有豹,曾居山洞,今已绝迹,洞名虽存,其洞已不知所踪。自高石堰逆流溯溪,转三弯,行一里,林木繁茂,遮天蔽日。山间巨石,如鲸如象,或卧或立,浑身沙砾,苍黑粗粝,念及岁月变迁,沧海桑田,历历在目焉。沟渠深谷,石壁多姿,夹岸翠竹,凉气盈身。堤坝平坦,上有荷塘,春游者多流连于此,拾柴火,架烧烤。睹此境,想来应有山间古寺,仰望峰峦,果然一飞檐斜出,遂探寻之,乃高槐书院是也。沿河绿道,绵延至相邻桂花村,间有露营者随地扎寨。有摄影者尝言,若以仿生野豹家族,置之林间,使可做情景摄影。流水竹排、古装洞箫,蓦然回首,群豹或坐或卧,倒影在水,隐约其间,可远观也。

石涧纳凉

溯溪行，多野趣，奇石巉岩，林木参差，溪流有声，清风入怀，乃天然后花园。沿溪逆行三百米，至豹子洞，岩壁错落，砾石藏贝，沧海桑田，历历可见。林木森森，流泉隐隐，山外烈日当空，蝉声如潮，谷中静寂，清风拂面，自是两重天地。宜开怀袒腹，约故交新友，煮茶纳凉，低吟浅唱，不知今夕何夕。拾枯枝煮香茗，置渔具作钓翁，鸟语伴读，鸣蝉对歌。得此清凉境，可自在来去，何苦自家营造。蛰居高楼者，冬夏皆赖电器调温，焉知其乐也？

云映落霞

一日辰光，最爱落霞，流光溢彩，变幻莫测，常仰望而忘时。村中观霞，自染云山房西望，"两朵云"最为佳处。两朵云者,乃村庄田野秀场,巨型钢构,举白云两朵,停驻半空。遇晴日,晚霞漫天,其色亦白里透红,若饮桃花酒。霞光与云朵,虚实远近,相映成趣。云者,得人而成会,故秀场为会场。又,云者,风云际会,聚而为雨,故艺术赋能乡村,此云不虚也。

索桥忘忧

桥者,行旅人,通往来,求其实也。然索桥成,乃增行人闲游之趣。高石堰,水宽阔,可放舟戏水。钢索铁桥,晃荡激越,咿呀有声,人行其上,必大呼小叫,胸中郁结之气,一吐为快,此忘忧桥也。

野堤独钓

溪流绵长,层叠错落,凡遇竹林、柳荫,皆有钓翁,一竿悬垂,漫数流年。亦有一人数竿,阵容强大,然所获未必与之相称。钓者多为骑铁驴而来,同好者集结,寻熟悉口岸,反复留守。或驾房车,携家带口,日夜驻留,俨然游牧族。溪流平缓,游鱼野生,故体小。偶有大者,必为上游鱼塘出逃,然钓者之意不在大,在乎清闲时光也。

春染田畴

四季村色,各有姿态,槐乡浅丘,田畴层叠,良田沃土,稻粱杂陈。今日之乡村,房舍整肃,道路平坦,不见炊烟袅袅,未闻牧笛声声,然年年春暖花开,依然桃红柳绿。大地调色盘,农田胜公园。待菜花黄过,农人推铁牛耕田,白鹭翻飞聚散,一派和乐,此春日村色之胜景。又,延聘艺术家,作装置品,有芽破土,赫然凌空,七彩斑斓,喻二十四节气者,引游人驻足遐思,此乃景上之景也。

河堤早樱

分段筑堤蓄水,四季清泉盈盈,夹岸枫杨秀丽,临溪垂柳依依。己亥岁,铺绿道,赛健步。沿河密植早樱,艳阳春暖,蜂蝶翩翩。其色粉白接驳,瓣瓣娇嫩,晨昏漫步芳径,香气盈身,肺腑通畅。最喜冬日,偶见枝头,乍开一二,若急步出列之学子,慌乱回首,羞红粉颈。不顾节律,兀自枝头摇曳,真山中隐士,足见性情也。

梯田农耕

农夫土中刨食,四季守候,不足入城三日所获,故青壮皆弃地奔走。留守者,耄耋老翁,所耕耘,仅日用菜蔬而已。田地撂荒,荆棘交杂,野草丛生。振兴乡村,赖有力者,护坡堡坎,石块垒砌,整改连片。四季变换,或绿或黄,则活脱脱一硕大无朋之花盆也。春种秋收,铁牛奔突,少躬耕之劳苦,此时代之乡村美景也。

雾锁村落

西蜀浅丘,沟壑平畴,炊烟人家,山峦环峙,有小盆地之貌。冬季多雾,一日百变。晨起,浓酽若汤,四围障目,唯行碎步,不敢冒失。待霞光初射,雾阵渐退,游走沟渠,缠绕山腰,缥缈若蓬莱仙境。日中,淡雾隐约,混淆于炊烟间,遭强光胁迫,寒风驱逐,若散兵游勇,唯远避之。待日暮,四野雾气蒸腾,蠢蠢欲动,自水面,自井口,自山顶,集结而来,霸气再现。冬夜,乃雾气主场;设若仙侠剧组来此拍摄,无须烟幕布景也。

林泉野炊

野炊之地,最宜在豹子洞林下:有巨石,可列坐;有古木,可避日;有流泉,可涤器。就地取柴,云烟缭绕,树影婆娑,泉声叮咚,如管弦伴奏,闻之忘却凡尘俗虑,心旷神怡也。时下之露营,或草坪,或广场,或路旁,随处安营扎寨,老少载歌载舞,阵容强势,装备豪奢,不可谓不精致,然离自然野趣远矣。烈日当空,而林下阴凉,临河有风,一盏香茗,一卷闲书,闻蝉声聒噪,而施施然如伴音,山籁沉寂,流泉飞瀑,则为人间仙境也。

清流浮叶

四时烟云,残花败柳,皆为流水慷慨接纳。风吹叶落,随波逐流,或聚或散,又生一番姿态。观轻舟激荡，当以竹、柳之叶为佳，风顺水流，则见一叶孤舟，直挂云帆。若风向逆流，叶儿周旋，则如码头调度，货船云集之景象。汇聚堰口处，穿梭重叠，如群鱼争食，唧唧有声。水映碧天，则如西人凡·高之星空图画，灿烂有加。凭栏痴立，凝神静气，不知金乌西坠。若孩童之观蚁穴，方觉天地之大也。

荆棘丛

冬雾袭人，如妖如魔，山居尤甚，傍晚闲走，夜幕低垂，遂举步入一草丛，欲抄近道而返。此旷地，春日开垦，裸露岩石，初夏亦数番往复，十余步可穿越。初入，有荆棘纵横，拨之而移步。复行数武，则左右羁绊，如千百只手，拉扯挽留，进退不得，寸步难行，如陷泥潭，苦不堪言，疾呼救援。以杆击打之，以刀劈削之，得一线生路，跳跃而出，浑身汗湿。

盆玩木石

和风泛绿,荒园初醒,菖蒲挺秀,春兰吐蕊,遂修枯枝、理败叶、培腐土、分新盆。依其性情,趋光者,置露天而接日;喜阴者,择润土而背风。纵横错落,大小堆列,碧绿如洗,气象一新。

尚余老根二支,野外偶得,奇崛生趣,虫噬土蚀,枯而不朽。置之陶盆,覆以绿苔,作案头清供。其昂然而立,若优伶登台,神采备出,状比太湖之奇石。

园艺用石,太湖石居多,草倚之而愈柔,松伴之而愈劲。其形多变,类若浮云,造园置景,增其氤氲之气也。若止于瘦、漏、皱者,则未识其精魂,徒赏其表也。

玩石之趣,在乎小中见大,案头石者,古人谓之山子,微缩自然之貌,皱褶而见沟壑,苔藓而为林木,皆通天地也。高士名贤,出游,必寄情于山水,归卧,多醉心于拳石,观天地造化,感人世跌宕,修内心之安宁。爱石成痴者，屈指不可计也，陶靖节常倚醒石增兴致，李后主独爱灵璧胜江山，故白乐天曰"百仞一拳，千里一瞬，坐而得之。"陆放翁又言："花如解语应多事，石不能言最可人。"

苏老泉有《木假山记》，言其家藏三峰，以木山比自家人也，二子轼、辙皆有诗留证。眉山三苏祠今存之木假山，为道光十二年(1832)眉山书院主讲李梦莲捐赠。

观余案头之木石，非石而胜之。动则祥云曼舞，袅袅生趣；静则骨气通达，咄咄有声。其下苔藓者，匍匐石阶，雨来一饱，旱而不改其绿，此二者皆草芥，而能与自然共吞吐，安身立命，随处自在，不亦高哉？

忆及少年，嬉于山野流泉，凿取岩石，培植野草，墙角窗台，随处搁置，得寸土，偶滴灌，一年半载，尚能鲜活如初。光影重现，忽忽数十载，玩赏之初心不改。

时仰首，凌空一白鹭，翩翩掠过，宛然云中鹤也，睹此景，恰于木石盆玩，何其合哉。信手书苏子美《永叔石月屏图》之句遣兴。

水　培

水培红薯,作案头绿植。未见天光,而藤蔓繁茂,逶迤蔓延,或曲或直,长逾肩臂。其一嫩叶微红,形若桃尖,团聚簇立,不类别薯,大异之,置花盆,经数月亦绿意盎然。此薯大可为盆景也。

牛背鹭

白鹭,山间野禽,自有取食之道。牛背鹭者,与耕牛相伴,栖于牛背,食其虱也,故名。郊外机耕,耕牛下岗,白鹭群起,前后飞扑,若家养,食土中虫子也,此亦与时俱进乎?

漂流木

过门前小河,俯身拾一漂流木,未知何年月浸入水中。举于肩,路人曰:"好一张古琴!"归家,以木蜡油擦拭,其纹路若琴弦,此无声之琴也。亦作茶台,甚好。

缘木求鱼,谓之南辕北辙,不可得也。伐薪,则向深山,然封山育林,杂草断道,野径绝迹,不可进也。夏日洪流,咆哮恣意,裹挟万物,沿途抛撒。待得冬日暖阳,两岸枯木横陈,以之生火,烈焰涅槃而护新生,亦是功德一桩。

染云山房

人之有癖,若中蛊毒,或秘阁孤芳自赏,或广庭交流切磋,浸淫日久,必有所获焉。内子年届不惑,童心复萌,迷植物染手作,兴之所至,下江南、奔滇黔,蜡染、扎染、夹缬、灰缬,拜师求艺,潜心研修,历时经年,技臻娴熟。

返家,家居衣帽服饰,凡可染色处,悉数尝试,或染或拓,浴缸作染池,白衣变蓝衫。百般折腾,吾心头烦恼丛生;一派蓝调,伊眼中意趣平添。新款面世,亦逼迫本人出场代言,冬秀围脖,夏炫凉衫,惹同好垂涎者众,染艺圈层,声誉日隆。继而开班授课,妇孺云聚。遂寻思设一专门空间,大展拳脚。须有地,种植染料;须有厅,展陈作品;须有园,孩童嬉戏;须有房,留宿嘉宾。

旌城东郊,有村曰高槐,丘壑连绵,溪流蜿蜒,与闹市一箭之遥,却若隔尘世之桃源。遇乡村振兴,鼓文创风潮,手作蓝染主题,恰逢其时。拆旧屋,建新居,移大树,铺草坪,逾半载始成,颜之曰"染云山房"。

庚子新春,山房初成,蛰伏乡村,围炉夜读。暮春,天气和暖,城中人雀跃于阡陌,山房若公园,搭帐篷,架烧烤,游人接踵而至。时有不速客,叨扰无宁日,友人问曰:"作何回避,不胜烦乎?"

内子笑言："岁月若布坯，一染得新生。昔日蒲公，买茶换聊斋，今有山房，闲暇染布，忙碌待客，时逢新友，偶遇故交，乐不可支也。"

客问山房名所从来，主人指翻飞之布幔、停驻之闲云、妩媚之青山、端严之房舍，目之所及，合而名之，得宜与否？客抚掌一笑，颔首称是。

门对青山溪流，若睹动态水墨。袁中郎所谓"人情必有所寄，然后能乐"，心与境相融，何其幸哉。春山换装客未至，新蕊吐芳蝶先知。卜居野村作山人，留得闲情染云时。

佛前青莲

三月春深，万物花开，盆景绿苔，生机勃勃。染云山房有小钵，忽生一青莲，兀自乍开，其色绿中呈靛蓝，天着妙颜，寻常难见，与钵间参禅沙弥，甚相合也。

如此灵物，本非钵中所有，问所从来，言乃某过客为之。内子取视,若一袖珍耳钉,柄细如针,长寸许,顶端一莲怒放。

日暮,莲叶渐翕合,状若绿豆,次日午时,复盛如故,如是者三,殊为惊奇。

佛前青莲应天机,人间风光自相宜。仙人随手抛一朵,有性无根证菩提。

秋　虫

七月流火,盛极而衰,酷暑余威,原形毕露。偶遇停电,如遭蒸煮,网络间一片哀嚎。空调者,清凉所依,一刻停歇不得。昨日夜半,闻窗外虫声隐约,此秋声之前奏,甚喜。蝉鸣烦心似火烤,秋虫歌吟正催眠。晨起,园中一叶自天降,若盛夏递来投降书,又喜。

暴　雨

中原洪灾，千年难遇，楼似孤岛、车如浮萍，城市汪洋，伤亡无算。近闻我地将遇类似暴雨，遂见河流泄空见底、房前沙袋似墙，严阵以待，诚可赞也。今日早早得讯，诸友陆续来电预警，犹念去岁山房洪水漫延，后得修葺改道，料想平安无事矣。

云　霞

盛夏暮色，云蒸霞蔚，幻彩奇景，气势磅礴，如演大戏，百看不厌。西山如邻，晨昏皆景，雨后晴空，尚可目睹西山之瑰丽。余尤喜晚霞之奇幻多变：或金光灿烂，一片祥和，如观佛界法会；或乌云翻滚，万分恐怖，似见魔都混战。

日暮赏景，多见积雨云，晚来难眠，待得急雨似乱军过境，方可开窗透凉，安然歇息。又，凡自驾，喜张望，妻多有呵斥，然积习难改。夏日晴空，云朵变换，或肥羊，或白象，动态幻影，如此美景，岂甘错失。

龙泉龙门环抱，蜀地阴多晴少。冬雾浓酽，居高楼，推窗而望，皆云端仙客。西山奇幻，晨昏异境，莫可名状，雨后尤胜，每见微信群美图比拼，其喜洋洋者矣。

妻日暮驱车入城，半途急急来电："汝速观天，晚霞美矣。"又半刻，复来电絮絮叨叨，实时播报，难掩喜色。这厢答复："勿扰，有正事，研讨乡村焕彩、美育普及，欲引艺术下乡，或装置，或戏剧，或大地艺术。"那边作答："村庄大美，蓝天绿地，晨昏皆为美学课堂，有闲纸上空谈兵，莫如举头赏霞光。"

伴　生

乡野牧牛，散养田间，埋头觅食，有鹭尾随其后。躺卧反刍，则见鹭栖于牛背，黑白相映，安然祥和，一派田园好景。初见牛背鹭名,误以为其身型若牛背,见实景,方知其为栖牛背之共生者。世间万物,阴阳互补,莫不是相生相克也。

观　荷

龙居赏荷,盛夏假日,车排长龙,人作蚁行,此昔日盛况也。又逢荷花开,遥想带露风荷,别具韵味。雨后探访,阡陌生杂草,荷塘显颓废,零落数朵,一派寒酸。忆及童年闻母亲说古,有放牛郎应考,问读书几篇,答曰"风吹荷叶数百篇",诗意自生,颇得妙趣。又闻时下风行之打卡地,多设伪景观,千里迢迢奔赴,不过尔尔。但凡人间佳境,留住一份念想,便得一生美好。

洞　穴

某人欲于村中造"霍比特人洞穴",以为销售咖啡茶饮之场地,实乃添异趣之"引流"法也。"网红"打卡,时代风潮,短期吸睛,列队如龙。窃以为,非长策。

园　林

凡造园置景,须与建筑形制契合,花草竹石,审美之趣味,东西有别。东方传统布以奇石、假山,多呈幽趣,清雅含蓄;西式则多整肃、平坦、敞阔,间以花卉,显奔放热烈,此亦人群之共性使然。

植　树

目睹植树,有二悲情者。一为合抱大树,枝干秃削,辅之袋装营养液,欲激发生机,然颓而死者居多,望之而泪目。一为他乡异种,固能勉力活之,然无花无果,终日恹恹,每睹而心酸。物皆有性,不可一味以贪念之力逆之。

吉　槐

槐为吉祥物,北宋学士院有一"槐厅",传居此阁者多入相,遂有新人争槐厅,撤前人行李而强据。沈括《梦溪笔谈》有载:"予为学士时,目观此事。"目睹而确凿,满腹经纶之学士亦迷信若此耶? 今高槐无巨槐而负盛名,或眷恋乡村闲适,或趋商业人气,各有所图。与槐居,则踞口岸也。

夜 雨

雨狂风骤,力之大也,可致飞沙走石。微雨淅沥,润物细无声。然,庭院以沙砾铺地,凡雨过,则坑洼不平,若遭神秘动物践踏。夜闻风吼,飞沙走石之声大作,若短兵相接。晨起,日光灿烂,草木欢悦。昨夜情形,似一怨妇,闭门发一通脾气,闻有客至,噤声肃装,忽而笑意满面也。

观 月

夜色朦胧,灯景璀璨,村口流泉飞瀑间,置一弯新月,水雾弥漫,光影闪烁,如梦如幻,引客酒后往观。举目夜空,云间冉冉有月出,未及眨眼,朗月临空,玉宇澄明。疾呼室内妻儿同赏,待其开窗探视,云遮雾罩,不复见月矣。后见网络晒月,方知是夜之明月为年度最大,有幸偶遇,不亦快哉?

窗　画

入夜就寝,窗上树影婆娑,玻璃为画幅,目睹若动图,或山水或人物,摇曳生姿。读《聊斋》一卷,熄灯倒卧,则见窗间赫然一脸谱,竹叶为眉眼,树叶为口唇,迎风开合,喃喃若语。目视久之,疑有狐妖入梦来。

花　草

自言为村夫,满目花草,熟视而不可呼其名,愧也。漫步山野,赖手机软件相助,方得一一辨识。沿岸麻柳,垂若榆钱,其名枫杨,枝、叶有小毒,幸

未误食。惊异于书中美名,却是身边俗物,不禁
莞尔。

菜　地

　　城边隙地,撂荒无主,大地如画,四时而新,好之
者络绎来,拔除荒草,掘池储肥,菜蔬随时令而变,郁
郁葱葱,蔚然大观。地狭长,窄处纵步可越,阔者亦
只二三步。间有棚户,高不过人,以竹篱、铁板、胶布
遮盖缠绕,皆身边废旧物,权作工棚,储存农具。大
小错落,连绵不绝,遥望,沿途不可计其数也。呼朋
引类,各自为阵,长年累月,俨然新生棚户区也。

　　时值春深,油菜籽灌浆饱满,垂头俯身,青黄间
杂,诱群鸟欢歌飞舞。鸟也,大有君子气,明目张胆,
群起群落。人欲驱鸟,或以绿网遮罩,或挂经幡之彩
条,迎风摇曳,类稻草人,然毫无效果,形同虚设。

　　田边沟渠,大半干涸,仅低洼处存水少许。渠边
罗列大小水桶若干,皆满蓄水。迎风,有粪水气息。

无需猜测,地旁必有人开掘土坑蓄肥,汇以杂草、人畜粪便,沤之。

夕阳西垂,霞光灿烂,一老妪穿梭其间,时蹲时立,莳弄豆荚,牵触须攀附架上。与其对语:"菜够吃否?"答曰:"尝个鲜,图个乐而已,自种,放心。"

当今时代,阳台种菜已成风气。内人农转非,今为城市居民。脱离生长之土地,如见寸土撂荒,必开垦之,以补餐桌之绿色。

春　耕

村口隙地,撂荒有年。春日翻土种菜,四五伛偻者,皆七旬上下,暗中屈指一算,年岁总计逾三百也。"春耕不用牛,地荒人见愁。青壮入城去,田间余白头。"目睹此景,心为之酸,即欲访贫问苦,一探究竟。待近前问询,一老者笑曰:"吾等退休,闲来无事,相约垦荒,重返青春岁月,但求耕耘,不计收成,活动筋骨,乐在其中,何苦之有?"余闻之一笑,释然而退。

副　刊

纸媒编辑周末聚于高槐,某君慨然曰:"此村庄美矣,若城市之后花园。"余笑曰:"后花园者,为私家排场,非共享也。今之高槐之于城市,恰如副刊之于贵报。君且看,报纸要闻、财经、社会新闻诸版面,皆言名利之事;唯末版之副刊,风花雪月,琴棋书画,言休养生息,话儿女情长。关乎闲情逸致,岂非今之乡村写照乎?"诸君哄堂一笑,皆以为然。

夜　游

春夜餐后,漫步野径,月色朦胧,河流映空,水平若镜,景随步移,若一水墨长卷徐徐而开。夹岸槐花,幽香扑鼻。时闻水上跳鱼,泼剌有声,蛙鸣断续,若与村舍孩童嬉闹唱和。灯影璀璨,浮云似触手可及,山外烟花,间或闪烁,直似窗外偷窥之顽皮小子踮足探头也。百鸟噤声,虫鸣隐约,野鸭呆立水边,形单影只,如老僧坐禅。白日山房曾见萤火虫,夜来苦寻未果。山林黑无底,树影浓如墨,无风,却有凉意自四周袭来。脊背起凉意,肌肤生寒粟,未敢久游,匆匆而返。

奇 景

村外城乡交界处,一残垣断壁,遇春暖,有花开,颓废伴新生,颇生趣味。每过之,寻思借机近观,欲做主题摄影。春秋数度,终未成行,寻思恰若仓廪储粮,留待来日可也。某日,此处被围挡遮蔽,只闻机器隆隆运转,自缝隙间窥视,残垣已被夷为平地,跌足而叹,懊恼不已。

迎　春

春寒料峭,黄花初放,登台报幕毕,菜花闻之方席卷而来,此为迎春花也。辛丑新岁,红桃白李已谢幕,至春分,山披绿装,人着薄衫,庭院一盆迎春,若蹒跚学步之孩童,羞涩而懵懂,渐次盛放。妻每见而叹曰:此花幸哉,开放,乃迟早之事,可怜小儿,难逃急急催逼。

蓄　水

门前溪流,深可丈余,绿荫蔽日,清风拂面,若设竹排,村翁撑篙,顺流对歌,戏怼蝉鸣,以消酷暑,何等快活?近日河水见底,每见人桥上留影,即心生遗憾。晨起,窗帘甫开,见春水盈盈,沿堤触手可及,急急报之好摄者,若卸心头之石。

烟　花

烟花闹元宵,璀璨不夜天。城市禁放烟花,郊外则可尽情燃放。村口设一特许经营处,遇除夕、元宵,人头攒动,车排长龙,自娱者乐,旁观者乐,供应者亦乐。人之欲求,若爆竹烟花,积蓄久之,必求一畅快释放。

吐　绿

春风浩荡,万物复苏,岩壁一孔洞中,有新苗探头,俨然作吐芳状也!

新 竹

庭院翠竹,春来挺秀,蓦然回首,一竿过人。客喜而言曰:"好兆头,一枝独秀也!"余戏答曰:"呜呼,劳碌之相也,牛鞭竖立到门前,一年奋蹄不堪言。"

荒 地

"但存方寸土,留于子孙耕",昔年受雇刷标语,此句反复书写,遂终身不忘。春来山村,黄染大地,漫步阡陌,路旁野菜花,绵远而不绝,羸弱纤细,与良田相呼应,若菜田之颜料盘星星点点飞溅而出者。又,山下荒地数亩,去岁尝采野菜,今已荆棘丛生,不可复入。嗟乎! 方寸土无常主,真爱者非子孙,乃芜杂草芥也。

绿萼

满街蜡梅当道时,绿萼尚在酣睡中,大寒至立春,孕之半年,始陡然绽开,一树娇嫩,内着白衣,外罩绿衫,清丽脱俗,此梅中迎春仙子也。欲采之作瓶插,尤不忍也。

盆景枯萎

冬日获小叶榕盆景一批,桩头奇崛,新叶覆老枝,甚可爱。寒冬以膜笼之防寒,无何而枝叶干枯。专家云:"待春日,若发嫩芽,活也,无芽,死矣。"复抬头观天,春日将近,盼而恐。

树叶冻伤

今冬寒甚,树冠覆冰霜,消融殆尽,色呈乌黑,若受火烧。皮肤触冰,冻极亦生灼痛,树叶亦若此。

佛　光

染云日暮观"大戏",金乌西坠,彩霞映空,庭前赏景,万千变化,不一而足。山峦忽起云烟,有佛头隐约其间,轮廓分明,螺髻耸然,此祥瑞之兆,众皆合十,心生喜悦。妻举手机摄之,壮美如画。

迹　象

　　老壁出斑痕,水迹生妙相,形色各异,烂漫多姿,真无意乃佳,非人力可为。偶然目睹而心悦之,随手拍摄记录,费心有年,不可计数,天然素材库也,叩谢上苍恩赐。闲暇端详,其状貌神情,隐约有故事藏焉,拟逐一解读,掇文成书。此种习惯,邠城闵少波、金陵朱赢椿亦有之。

观　花

　　门前植桃李,春来一树花,邻人谆谆诫之:"须得疏花,方能挂果。"望满树雪白,实不忍也,置之一笑。复观花朵,一朵一欢颜,灿烂若此,夫复何求,再笑。待花落果出,李、梨俱成形,然大不及鸡卵即萎缩天折,又兼鸟啄风摧,渐次跌落,一地哀伤。邻人过门,掩口而笑。

歪 树

河流岸柳,欹侧者多矣,果如散材多寿,远离庙堂栋梁,一派逍遥。新植柿树,枝干粗壮,初,叶冠尽去,若定格之健美者,端立道旁。夏日风狂雨骤,树倾之欲倒,每见而欲扶之。然,诸事繁杂,唯起念而无行动。时逾半载,见树已自行平衡。天地润泽,枝叶端直,刚正不阿,乃树之天性也。

筑 堰

夏日山洪肆虐,挟裹泥沙,奔涌咆哮,山房瞬息沦陷。幸有村中友邻,施以援手,另辟蹊径,疏通导流,山房无恙,而河堤崩塌。今冬修复,料想他日,不复泽国之祸。山居岁月,唯求风调雨顺,无他耳。

夜　色

幼年之山村,黑夜不辨五指,油灯如豆,昏黄微弱,真暗无天日也。迁居高槐,毗邻城市,灯光映射,夜空绯红,帷幕之下诸物轮廓清晰,拉紧窗帘方可入眠。强光效用若此,乃悟儿时玩伴比亲戚,言吾家某某为京城大官,实乃狐假虎威,欲借光是也。

苔　藓

清明祭祖,山间灵芝生苍苔,清丽可人,取之以归,作景观,置案台,水雾滋润、云烟供养,则家山相伴，故土未离也。春秋数度，不盈不枯，鲜活如初。微微草芥，焉知身有使命之所托耶？

赏　雪

蜀中盆地少雪，城市尤其稀罕，四面高山，常年冰雪，半日抵达，不足奇耳。凡落雪，网络沸腾，晒图搞怪者有之，吟诗作对者有之，不可胜数。古之雪者，有吉兆。故，雪犹情绪之助推剂也。若王子猷雪夜访戴，兴尽而返，非见戴，意在雪也。

观　日

幼时无随身腕表，习惯猜度时间，观日影而暗合，误差不过一刻之间。阴晴不论，日夜若此，天人合拍也。后赖于手机计时，再尝试，不复此功，能力退化也。

日环食

夏至,遇日环食,既定时刻,仰头观望,乌云遮天,唯觉四周渐黯,欲雨、欲暮,气氛憋闷。念及古人遇日食,敲锣打鼓,驱赶天狗,唯恐红日不再。今日观天象,网络直播,异地同赏。天大由天,亦由人也。

草 坪

村中草坪,暴雨蹂躏,凹凸不平,修整施工,覆以泥土,调整坡度,再度铺草。路人言:"盖土铺草,脱裤放屁。"施工毕,路人复笑曰:"确实好看,想打滚儿。"

夜　雨

入住染云山房,夜半,闻后院水声滴答,遂拨打电话,提醒邻居,屋顶水箱满溢。那厢梦呓答曰:"下雨,屋檐水也!"复倾听,果然。呜呼,居闹市中,久不闻屋檐滴水也。

菜　花

蜀地寒冬,阴冷逼人。阳春三月里,菜花遍地黄。城西某处,凛冽三九日,忽如春风来,菜花早发,引车流驻车观之,年年若此,甚奇也。

亮　灯

初入村庄,夜黑如墨,唯空中川陕航线,客机若萤火虫,南来北往,频闪微光。偶有晚归者,群狗围阻摩托,险象环生。遂寻村委请愿,欲捐助路灯。彼回复:"有灯固好,电费难筹!"后,得某部门襄助,太阳能路灯通宵列长龙,老年坝坝舞兴焉。昔有陈忠实独居乡村写作,伏案久矣,稿成,天色黯淡,难抑兴奋,遂全屋灯尽开,内外透亮。邻里上门,叩问:"有喜?"咸来贺之。答曰:"无他,就想亮堂!"呜呼,灯光可壮精神,是为吉兆也,《白鹿原》甫一上架,洛阳纸贵。

顽　童

整治堤坝,河道见底,十数孩童尖叫疯跑,摸爬滚打,捉鱼抓虾,无需门票,不用排队,日落返城归家,得无上之欢悦。此乡村之魅,在自然野趣,天地大书,读之不尽。然,诸多举自然教育大旗者,备豪奢之设施,无非城市乐园置换野外而已,此举若守锅边而啃干粮,不亦悲乎?

心头石

整饬庭院,邻人遗二巨石,颇生奇趣,以千金求得。草坪铺就,左右端详,甚觉巨石突兀,欲弃之,赖机械作业,非数千金不可。颇为难,稍事搁置。然每目睹,则若压之心头。

墓　碑

村中墓碑,形制规整,多书诰命夫人或待诰。锄地之时,思之,脚下土地,或为某朝廷命官告老归田

之属,也未可知。岁月更替,人事渺茫,唯土地翻来
覆去,春种秋收,鲜活如初。

剪　草

　　山房草坪,夏日雨后,长势蓬勃,渐趋凌乱。呼
以剪草机,欲整肃一新。晨起遇微雨,工人日高方
至。民宿中有远客正酣眠,恐机器轰鸣,扰其清梦,
欲制止。正犹豫,客之孩童忽鱼贯而出,于草间奔
跃,忙碌之剪草机,嬉戏之孩童,自成一景。客人着
睡衣、端咖啡,于阳台作自在状。

东　邻

　　东邻有树,状若椰子,遂破壁开窗,取景入画。
晨起,朝阳自枝叶间洒下斑驳光影,满室生辉。吾与

妻语："汝在海南度假乎?"妻推窗指河边草坪："此若沙滩则更似。"

股　东

　　初入村居,万籁寂静,偶尔犬吠,歇息之后,愈加沉寂若太古。然山间一砖厂复产,昼夜开工,其声轰隆,扰人清梦。与妻言,稍安勿躁,授你一法,心诚则灵,遂耳语曰:"假想你是他股东。"

柴　火

　　山房改造,原鸡舍房梁,再无用处,唯作柴火耳。千金不售,复聘匠人电锯下料,拟冬日壁炉生火。完工结账,人工费数倍于柴火之价。妻苦笑:"此烧柴乎? 烧钱也!"悉堆台阶下,路人纷纷拍照,夸赞有加。余复对妻言:"审美无价乎!"

河　流

沿河而居者,凡废弃物,皆弃于河流,或腐烂,或沉溺,或漂流。上游来物,可资利用者,随机打捞,如此往复。河流则如时间之履带,弃旧迎新,生生不息。文明者为何,生存智慧也,有包容与吞吐之功。

荒　园

留恋槐乡村舍,城居荒芜,半亩庭院,藤蔓纠缠,叶落满园,苔藓盈阶,若闹市荒野。院外路人观之,指指点点,或艳羡,或苛责。主人偶闻之,悄然汗颜。遂洒扫庭除,清理污秽,费尽力气,半日始得清爽。思之,郊外原野,四季轮回,自有花开花谢,广袤大地,焉用人为?

三角梅

园中三角梅,枝叶繁茂,居其下,浓荫蔽日,寒意顿起,花,仅顶尖一二朵,若逢场之过客。复观北邻屋顶,花似红瀑,耀眼夺目。花工曰:"三角梅者,地愈干,花愈艳。反之,唯生叶,不开花。"老母亦言:"鸡长膘则无蛋。"似有同理。

构　树

构树,杂木,质地疏松,非良材也。鸟啄其果,粪便落种,或屋顶,或沟渠,或草地,凡有泥土处,构树苗蓬勃生焉。村庄土地,闲置有年,构树成林也。庄子所谓,散财则寿,不遭刀斧,此为山林之道。城市,则是散材无用,清除勿论。今见路旁构树,其胸径胜人身五倍之巨，实属罕见。树亦不易，则人见而生怜悯之心、呵护之心，遂能任其逍遥也。

封　山

　　凡山，皆有径，或樵，或牧，或耕，远观绿云一团，进可穿梭其间。封山育林三十载，山道荆棘丛生，杂草丰茂，高出人头，乘隙入，三五步则无路可走，进退两难。念及童年入山林，乃日常行径，无需自然教育。而今乡村少年，山可观而不可攀，身近自然，而心已远离。

花　寺

　　孝泉延祚寺，有八百年之古塔，香火寥寥，人迹零落。因满园绣球，近日爆红。甫一入门，若跌进红楼之大观园。着古装，摆姿势，拍抖音，发直播者，挤挤挨挨，摩肩接踵。远道而来，因疫情防控，未得入门者，竟放声大哭。呜呼，香火气变脂粉气，喧闹声压过诵经声，此岂佛门所愿？

黄　荆

黄荆，丛生，枝条长及一米。细者若箸，粗者亦不足拇指。夏日开花，色作淡蓝，花形细碎，若隐若现。寒而落叶，枯枝兀立，农人伐之，生炉火，亦作赶牛鞭。因随手可得，大小适中，或作教训孩童之具，古有"黄荆条子出好人"之说，是谓孩童不可溺爱也，凡有错，须以惩戒。乡村振兴，山居再无茅舍，小楼亦断炊烟，旧时瓦屋，不复见矣。炊饭以燃气代之，山间柴火自生自灭。黄荆灌木，自此逍遥，昂然挺拔。老根为虫蚁所噬，软质腐蚀，沟壑纵横，盘根错节，宜作盆景，具山水之态，可堪把玩。其美在瘦，若赏太湖石。

野　塘

　　村中塘堰,有泄洪口,夏日飞瀑,岩石错落,水花生烟,顶上赤日炎炎,林中凉风习习。常携书本,大声吟哦,别具幽趣。冬日浅浅细流,自塘堰渗出,水沟石块,常年淫浸,绿苔生焉。遂以盘碟,供假山石,培细菖蒲。树根作笔架,手绘台灯罩,案头罗列书籍。每临夜幕,四方死寂,唯灯下一团暖意,贪念书中境况,以此为快,恨长夜易明。中学时期,一书一桌,则为大千世界。某日午休,梦中闻人语嘈杂,惊觉之,乃母亲领二三客人坐室内。其时,二兄漂泊沪上,有红娘牵线,按旧俗,须探访家宅境况,谓之"看人户"。兄不在,权且以弟比照,照猫画虎,大抵无差。至今回想,不禁哂然。屋舍寒酸简陋,家慈以为,以书桌充文化气,尚可"待客"。

树　木

河畔一树,远观树干若竹节突兀,甚异之。近前细究,乃一铁丝圈内陷,树反弹,生扛鼎之力,目睹而觉痛甚。

稻　田

过屠门而大嚼,虽不得肉,贵且快意。秋日过田园,稻浪如海,谷香扑鼻,遂生古人之同感。

桥

桥与河,乃互生。初,建桥为交通,或简或繁,依财力及人流量而论。后,河为风景,桥为装点,其形质以趣味论。若高槐之吊桥,巨型玩具是也。另一新桥,状若时光漏斗,横亘于河流,穿越其间,或悟光阴易逝,生珍惜当下之慨叹。内设采光板,如魔方格,近闻欲补以诗文书画,则将蔚为大观,如赏玩万花筒,斑斓有加也。

流　泉

染云美院临溪流,灌溉之沟渠也,间或奔涌,平素静若处子。近日得于筑堤坝,设汀步,水漫泻而出,则闻流泉叮咚,欢快如歌。临窗静坐,如居深山,心头尘虑,清洗一空。

观　雪

冬日蜀地阴冷,鲜见艳阳,雪亦罕至。立春已过，忽闻西山积雪，驱车奔赴。至，若入雪国，天、树、地浑然一色。妻欢悦若孩童，子蹦跳似惊鹿，或卧、或立，一派放肆，兴尽而归。前后三时辰，跨越两时空，易，亦不易也。

风　景

炎夏七月，植物染之布幔褪色，风吹凌乱，作凄苦颓废状，然高涨之人气不退，间有大小美女云集，自拍，他拍。人借景，人亦为景耶。

刺

村中某店求售，盖其租赁多纠纷。妻每过其门，指一刺丛曰："门内种刺，必多扯绊。"

云纹石

山中石阶,风雨剥蚀,人踩马踏,或圆滑,或凹凸,映照岁月,沧桑毕现,可观可读,韵味悠长。有云纹石者,貌若千层饼,层层叠叠,仙气萦绕。俯瞰之,则似山峦突起,等高线清晰可辨。一沙一叶,皆藏大千。

柿 树

染云临河一柿树,极壮硕,高逾三丈。初移栽,忧其难活,待吐新芽,长阔叶,经年常绿,每日三顾,见之而喜。越一年,复如初。逾三载,偶抬头,一树硕果,黄澄澄,金灿灿,相映冬日暖阳,恍如幻觉,煞是喜人,不禁讶然欢呼。凡移栽之大树,狠修枝,深培土,多施肥,然伤亡过半者,左右皆然。柳宗元作文,称有驼翁善种树者,"能顺木之天,以致其性焉尔"。今之柿树,果如其然。儿时之乡村世界,春耕夏耘,秋收冬藏,万物循环,几无一废物。今居闹市,无论厨余垃圾,抑或快递包装,昔日上等之饲料、燃料,皆以"垃圾"二字囊括。呜呼,悲也。

观　鸟

庭院芜杂,飞鸟欢聚。以瓜果饼干、剩羹残汤,洗涤油荤,杂陈其间。斑鸠、画眉、乌鸫,轮番啄之。晨光映窗,则恍然若鸡舍鸭棚,鸣声乱耳,催人起身。

鸥　桥

旌湖新添一廊桥,其顶若波澜起伏,中部凸起,两侧平展,宛然一滑翔之巨鸥。日光映射,浑身银亮,气势恢弘。其妙思,得于《逍遥游》之鲲鹏乎。

山水阅读

闻漓江有植物染艺术节,遂携作品赴桂参展。优游自驾,山水相迎送,直入画中来。桂林观山,骈者若驼峰,错者似笔架,起伏连绵,奇而不险,故其山水秀美而文气。闻广西师大出版人"山水阅读"之倡议,耳目一新。斯地可赏玩,尤可品读。出书斋,进自然,开胸臆,阔眼界,增阅历,求实证,此亦前人所谓:凡学问之道,皆"师古人,师造化"也。

梯田观光

久慕云阳梯田美名,择日奔赴之。冬日休耕,水天相映,云遮雾绕,真仙境也。夏日再赴龙脊梯田,嘉禾层叠,山野如黛,葱茏一色,丰年在望。一滇一桂,此梯田也,皆得水源,宜种谷物。曾观网络视频,某地剃青山,裸黄土,培梯田,机械作业,黄烟弥漫,若拍大片。观之而心惊,叹曰:"万岁青螺林下土,春秋野草自荣枯。今朝强作梯田状,明年新黍有增无?"

荷　花

染云湖畔,一塘碧荷,不知万千本也。自鹅优游,蝉声醉人,藕花送香,漫步唯喜城市远,久坐方觉人迹稀。

秋　枣

盆中枣也,鼓胀饱满,自石绿而褐,日光作绘手,每日点染,其色渐深。间有新花,渐次散开,三五日,孕新果，枝头接连来，甚惊喜。种枣人曰："秋枣亦可食，略小而已。"又指枣树曰："多产，若流水线。"

芙蓉

小儿吟童谣："十月芙蓉正上妆。"山房植木芙蓉数本，累累盈枝，盛比牡丹，与悬垂之布幔共招摇。客来讶然，纷纷合影。复瓣褶皱，红白二色，枝头娇艳，多误为双色芙蓉。岂知其色一日三变，初为白，渐至粉，再至红褐，终枯萎，整朵扑跌，一地嫣然。妻取新花，蓄于水钵，置几案作清供，晨起若霞，甚喜。白者，洁也；红者，艳也。红极而衰，此物理也。

古 井

凤翥山下一古井，清泉汩汩，人皆携壶负桶，络绎汲之。扩车道，则覆之，于路沿外新设石围，导之水管,观其状,与自来水无异,而人汲水如初。井栏左右水沟,废弃淘洗之物,腐败黑臭,蚊蝇追逐,大为败兴。某日过孝泉,其邻姑泉者,中央突突,喷之甚急,岂天然哉? 远观而知人为也,此添景乎? 煞景乎?

半山公社

初春旱旱,入夏多雨。霏霏连绵,却未洗尽尘嚣,朗朗晴日,也思郊外游闲。入湔氏观山景,尝野果时蔬,心旷神怡。意外得见半山公社之电影机收藏馆,甚为惊喜。

半山公社,巴蜀文坛巨擘马识途先生手书,筑于林荫,山道盘桓。系川内藏家苏承松先生私人邸所,储藏电影录放机,方两载已逾四百台。其数量与款型,横渡重洋,纵贯古今,足见殷殷情深,可谓洋洋大观。一机一世界,一器一容颜,曾经万众瞩目,今朝淘汰赋闲,叹科技进步之神速,感工业文明之遗憾。默然退隐山林,清寂老僧坐禅;依然千军列阵,浑如整装待发;观之双目饱览,晤对心扉震颤。

有此心者,何方异人,机器无言,影像默然。主人天生酷爱影像,常思幼年跋山涉水只为一睹银幕;成年立业接收器生产,却看如今千家万户频道纷呈。惠及万家,其乐无边;观影寻根,饮水思源。钟情老机器,怀念旧时光,闻讯成癖搜罗,囤积过瘾把玩。一任闲情逸致伴灵物,终得佳山好水遂心愿。

青山润目,碧峰比肩,流水无影,布谷声传。尤可贵者,建筑出奇,钢木竹石,玻璃泥丸,硬朗稳健,古朴自然,构筑夺目,奇、巧、固、险。屋外山景如画屏,庭中生活新大千,自然人文对话,心灵物质互观,来者无不喜形于色,望屋兴叹。此间建筑,历地震而无损毫发,与山共存融自然。更得十数同好者呼应,遂有空中音乐厅,继而钢琴博物馆,罗列异彩,逸趣平添,恍如瑶池举盛会,驾云来宾尽为仙。

有感而吟哦:

千秋绿水客醉远,半山仙踪琴瑟前。

五洲游子考旧梦,一春湔氏呈新颜。

欲问主人费心机,才睹旧物已忘言。

影去无痕器犹在,奇珍共赏存人间。

再访半山公社

台州王立,年方而立有壮志。首倡文艺珠宝,以影视名片入首饰,引发网络热卖;继推复兴婚俗,汇喜庆行业于一席,点燃创新盛焰。今欲拍摄微电影《心婚》,以文艺浸润商业,奔走呼号,响应者众。忽忆去岁曾偶遇半山公社之电影机博物馆,示阅记述"半山公社访主人不遇"文字,令其兴奋异常,力邀前往观瞻。幸得媒体人晓斌相助,得主人准允,驱车疾行。

什邡湔氏,处城西北,平原尽而山高隆,沟壑纵横、林木繁茂,山岚氤氲,清泉涌动,道曲一线,岭分双流。有山曰龙居,因后蜀孟昶携花蕊夫人消夏行宫而名。半山公社与之毗邻,乃成都藏家苏承松并好友十八人退隐山林而筑。最惊异处为苏先生收藏之电影机,产地不同,历史有别,形态各异,功能递进,琳琅满目,异彩纷呈,汇聚世界各地所产逾五百台。科技进步,淘汰旧物,却成工业文物;时代变迁,抢救保存,可寻进步脉络。主人无意费尽心思,远客慕名络绎不绝。百年之后,善莫大焉!

未曾预约,巧遇主人,正敦促工人修葺亭台,欲新置红酒品饮室。导览陈列,大开眼界。入山林而得静气,方悟生命之渺渺;远尘嚣而却烦忧,再叹浮世之茫茫。稍憩片刻,重渡时空隧道而返。

空山新雨后,天凉消暑愁。相距四百日,故地今重游。但取两照片,容颜一春秋,莫叹岁月老,人瘦山依旧。

卷二 探味

村居十载,邻里情真,一颦一笑,缘于果蔬往来之间,左右相熟,餐桌互动乃常事。曾食坝坝宴,亦尝私房菜,黄哥钓野鱼,米姐捕河虾,皆地道乡土味,惦念日久。自跻身乡村文旅,游人陡增,营业餐食,接踵而来,凡新张,必登门,各自特色,多有尝试。友人问询,则举一榜单,作美食荟,陈述特色,指点方位,以分享为乐事。

遇见

入村迎客处,"遇见"第一家,初营咖啡,转手易主,改作烧烤,旧名依然。租赁左邻,合二为一,养护庭院,栽花种草,蜂飞蝶舞,灯光璀璨。炉火添暖,薰炉送香,二百客人穿梭,夜半往来不绝。老板刘氏,受挫于蓉城餐饮业,寻避世之所,欲休养生息。未料牛刀小试,风生水起。高槐福地,藏龙卧虎,生机勃勃,时不我待。

离尘别院

餐饮者,何以取胜?无非食材、烹饪技艺、餐食环境也。初,自"不远咖啡"营业,小资格调,皆农舍修缮是也,此后咖啡飘香。餐饮者,"离尘别院"横空出世,揽客千百阔绰有余。"槐乡人家"紧随其后,继而烧烤、火锅陆续而至,高槐美食兴焉。若论规模体量,别院至今无可匹敌,高居半山,空间延展,疏密有度,宜情侣、宜家人、宜宴席。米家姐弟携手、夫妇联袂,返乡创业,辞国企,舍巨资,腾挪旧宅,修葺别院,体量剧增。食材品质佳,菜品口味好,一时食客盈门。逾数载,夯实根基,渐扩张,拟设团餐宴会,此循序渐进,兴时尚餐饮高标,树返乡创业之先锋也。

逍遥兔

入"三月茶室"品主人手炒茶,春日妙味,舌尖萦绕;又海阔天空神聊,至进餐时刻,待对门"逍遥兔"一声招呼,方起身入座。已是红翠罗列,兔丁麻辣,鱼羊鲜香,更有独门烘烤箱,烤乳猪、叫花鸡、新疆雪羊,既尝美食口福,兼得异域风情。最喜花生一碟,佐以花椒烘烤,二花匹配,其色鲜红,酥脆可人,入口生香,余韵悠长。味美量足,众宾客扪腹离座;价亦亲民,买单者喜笑颜开。

一缘小屋

曹莉莎,眉州人氏,求学旌城,偶入槐乡,品咖啡,撸萌猫,日暮不思归。叹曰:"闲居山水间,有店可待客,此生所愿,夫复何求!"遂痴迷,归而入梦。辗转数年,少有积蓄,并家人借贷,伺机入村,赁农家院落,而为"一缘小屋",夙愿实现也。勤苦,操持店堂内外;有孝,侍奉八旬祖母。逾三载,缘结佳偶,夫婿上门,翌年得子,美满和乐。

民谣小院

张小黑,旌城人,好器乐。丽江,国人之诗酒田园也,黑亦随波逐流,流连数载,设酒吧,组乐队,为暮色一景。故乡有召,携诸友于槐乡筹"民谣小院",

木梁石础，青瓦白壁，围合小院，古风俨然，品茗赏乐，笑满山谷。

芳华·旧时光

关勇，高槐人氏，入城营理发之业久矣，蓄客逾千。乡风劲吹，麦田成景，村舍为市，人车如织，遂闭店返乡，转而为咖啡、为餐食，曰"芳华·旧时光"。复以宅院辟一工作室，洗染吹剪，俨然首席，不输托尼。储值客询路登门，接踵而至，待腹中充实，顶上焕然，徐行村道，饱览山色，漫游槐乡，乐陶陶也。

卓尔小屋

陈刘氏红梅，具天赋，身妖娆，少辍学，勤于工，性活泼，曾事酒水业。村中文旅兴，遂辟家宅为店，曰"卓尔小屋"。鸠工庀材，徒手挥汗，屋舍庭院，花团簇拥,焕然一新,别具韵致。客来,忙若蝴蝶翩然;客走,闲似野鹤闲云。常入城美容健身,时于抖音刷屏,坊间有"村花"之谓,时尚村居,城乡兼宜,羡煞旁人也。

大师馆

大川先生,空间设计者,专事别墅装饰,国道、省道,巨幅牌广而告之,昭示鸿鹄之志。于村中赁小楼,砌墙开窗,种绿植,置水景,民舍焕然为豪宅,借此为模板也。又建"依云民宿",拆旧祠,筑新居,远近来客,翘首以待。

三月茶社

任文利,如其名,双面也。文者,文静安闲。淡定逍遥,僻居槐乡,沉溺茶事,如绝尘烟,真切切现实版之隐逸者。利者,利落果敢。骑车徒步,攀岩涉水,性情至真,烟酒不离,活脱脱传闻中之女汉子。村居为乐,茶社为辅,日高起,门犹闭。有爱,收容猫狗,无论样貌品类,一视同仁。心软,病者呵之,伤者疗之。每聚餐,则小大盈门,列队云集,月供猫犬口粮,远胜款待友朋。

菩提树

庭前菩提荫,院内翰墨香。欧阳兄弟,才汉才俊,经商有成,钟情绘事,收纳海内年画,独创高槐木刻。游客赏玩,孩童研修,辟乡村蹊径,添文旅秀色。

星月池

黛瓦白墙,绿草茵茵,袖珍泳池,碧波漾漾。庭院初建,惊艳乡村,星月之下,灯火摇曳,乐声起伏,或求婚，或庆生，一众欢歌到星稀。越一年，扩建日式烧烤，悬灯笼，垂门帘，挂书法大字，设本色木门，沙砾铺地，一派和风。得俊男靓女喜爱，呼朋唤友，仰望星空，坐听流泉，面对炭火，推杯换盏，此人间乐事也。

见山小院

槐乡人家，山房近邻，亦空闲鸡舍改造之。前厅推乡土菜肴，后院作烧烤柴锅。山房初成，客人云集，往往呼酒，遂与之同盟，权作外部之厨房。营业日久，餐品更新，空间升级。歇业二月，再度复出，则改头换面，颜值大增，敞厅明堂，陈设一新，名儿亦唤作"见山"。掌勺者系出名门，城中亦有餐饮连锁。新菜品翩翩登场，老顾客频频回头。

高槐书院

　　舒氏銮兵,好书成癖,事厨所获,转而为书,海量囤积,数逾十万,门类驳杂,成色各异。自言川渝书贾,信息通畅。初,单册挑选,日积月累。巨量收存机缘始于汶川震后,赈灾东汽(东方汽轮机有限公司),三月餐费,计十万资,拒收现金,换回掩藏之图书。震后多处馆藏图书均以废纸价,包揽无遗。高槐山野间,筑书屋一栋,储之。尤可自傲者,为各杂志之创刊号数千册,收藏量居海内前列,倍而珍之。书院开放,为村中一景,孩童浏览,嘉宾往来,皆免费出入,未言利也。

古树鱼庄

　　人间美味，无非水陆之间。古树鱼庄之鱼，非池鱼，非塘鱼，乃掘稻田为沟渠，蓄水放养之鱼也，优哉游哉。主人村居十载，初，于山顶设书院，藏旧书，听古乐，怡然自得。鱼庄，姗姗迟来，曰"古树"，门前立千年乌木，室内多民间旧藏。林下密布酱缸菜坛，山间种酸枣千百棵，取其汁液为作料也。舒姓主人，颠勺为业，有餐厅多处，方知"为他人舌尖快感，予之乐也"。此非舒之天命乎？

槐　隐

　　嘴为无底洞，食乃大文章。食材各异，口味有别，纵横南北，融合一家。槐隐私厨，以轻奢风，聚小资客,主推滇之野菌、竹荪,盘中山水如画,一览江山多娇。弃大鱼大肉、大快朵颐之豪迈,倡健康营养、口感新奇之风尚。泉水配山珍,美味待嘉宾。又设烘烤面包,纯正柴窑吐司,绵软可口,食之上瘾。录制美食节目,甘做幕后英雄;热心公益慈善,连年敬老扶弱。深耕乡村,全家喜做新农人;槐隐者,生活家。

上善若水

入乡村,寻土味,柴火鸡为头牌。初,村民曾老幺,夫操刀,妻下厨,自家小院,日排长龙。后来者,玫瑰园、槐柴有遇,争为鸡头,名震江湖。友人入村摄纪录片,受邀做向导,托剧组之福,得尝"上善若水"菜肴,堪称一绝,至今回味。鸡,山间放养,捕捉现杀,佐以时蔬,肉质绵实,皮糯粘唇,忽忆儿时味道,如出一辙。另有回锅肉,肥而不腻,弹力十足,女主人傲然曰:"PK寿丰餐馆无敌手。"此言一出,箸如飞箭,盘中精光。

刘氏小松,父辈迁徙至此也,故刘姓为村中小姓。松少辍学,多浪迹,贫而归,娶妇林英,育一子。土中刨食,仅能果腹。松机敏,尤善手艺,受雇村舍修建,凡目睹一二,即可复制焉。妇殷勤,俭持家。拆旧居,置新材,夫妻携手,不假外力,营造洋楼,拔地而起,实为一奇迹也。散养土鸡,垂钓野鱼,新居开门迎客,名曰"上善若水"。偏离商圈,优游自在,回头客络绎而来,家境渐丰,遂为脱贫明星。

醉高槐

名马配好鞍,美味佐佳酿。槐乡美食多,当有美酒来。壬寅早春,一神秘酒客,久慕高槐之名,欲一探究竟,意外得见废弃之砖窑,遥想其为藏酒窖,该是何等美事,遂与村委商洽,报上大名,乃酒乡绵竹堂堂东圣酒业之掌门。双方有意,一拍即合,浓香白酒"醉高槐",迎风而来。

洋　姜

　　洋姜,形似生姜,甘甜无辛辣味。山房之宅院隙地,长势喜人,无心插柳,连年不绝。入坛泡之,隔夜可食,爽脆可口。以盐渍之,外如黑金,内里金黄,有回甘味,入坛储存,可做零食。村中亦有将之与花生、糖果一并混合为"喜果",上梁、闹婚房而撒之。

香　菜

　　芫荽,其味浓烈,稍有波动,则随风四溢。喜其耿介直率之性也,不似辣椒之奸猾,别于生姜之老辣,类葱、蒜、花椒者,不藏不阿,当为可交之君子,故有"香菜"名。

晒柿饼

山房移栽柿子，一树橙红，极是喜庆。逐一采摘，置冬日暖阳下，期待自制柿饼甜蜜登场。时过一月，仍饱满圆润，触碰之，噗嗤，皮破，一滩蜜汁流泻，空壳张嘴，若讪然而笑。后问询，需去皮方可。如法炮制，然，萎缩干瘪，貌丑陋，味难咽。皆因蜀地冬日阴冷，外因所致，未能如愿以偿。闻陕之富平柿饼品质上佳，遂购之，外覆白霜，果肉火红，甘甜如蜜。隔日观之，白霜尽失，室内暖气作祟也，藏之冰柜，复如初。糖心苹果亦是，愈低温，则其芯愈显，遇高温，糖心则隐。水土各异，如橘生淮北即为枳也。

普　洱

某年赴滇，游普洱，喜获树木大板及陈茶，归家，案头茶香袅袅，若得雨林滋润，甚喜。

平安果

西节圣诞之平安夜,获礼物平安果一枚,不忍食,留存。与人言:食之,普通苹果耳,满足一时口腹之欲,存之不久。不食,以目对之,平安吉祥,存之良久。

蟹

瓜熟蒂落,物之理也。然诸多应景之物,所图非其实也,乃其意到而已。譬如中秋蟹,急急上桌,其形也佳,其情也真,然蟹之黄、膏渺然焉,尚待时日。

咖 啡

古镇孝泉,有盖碗咖啡,引俊男靓女蜂拥尝鲜。咖啡店名曰"树下",疑院内藏古树,故而名之。逡巡检视,未果,询之店员,其指门口曰:"树在此。"观之,乃一花盆,中植一桂花,高不及人,哑然失笑。

泉水鱼

川西泉乡,掘地而涌。某鱼庄,僻居阡陌间,常年流水席,一座难求。遂驱车导航而至。庄,若岛,环水为池,极清亮,群鱼肥硕,往来可数。点餐,玻璃鱼缸,品类之繁,皆塘鱼也。池中鱼,可赏,可垂钓,然非餐桌之美味,深以为憾。

馊稀饭

某店家,自制腐乳米面水饺诸物,别有滋味,喜爱者众。一日,有常客指一盆中物曰:"汝馊稀饭亦可售卖? 作价几何?"答曰若干。适邻妇闻之,告于夫,夫喜形于色——两家有隙,此乃良机,遂报于食药监。上门检测,馊稀饭者,醪糟是也。邻夫大窘,归而骂妇。

腐　烂

瓜果菜蔬,其色鲜矣,置于案头清供,有盎然生机。梨一枚,初露瘢痕,大若铜钱,逐渐凹陷、腐烂。橘一枚,其色橙黄鲜亮,渐生斑点,若观星球之大洋山川。腐败,亦是景观,若画烂皮鞋,背后有故事,写生留证。

鲜　桃

园中有桃，春来花争艳，夏日果生香。桃实形若鸡卵，颜色绯红，采一枚尝之，酸涩莫可吞咽。暴雨欺凌，零落一地，路人多扭头观望，隔栏艳羡，似有暴殄天物之憾。余闻而窃笑，世间事物，眼见非实者，多矣。

饮　水

木匠忙活，口舌不闲，称高槐嫁妆，多出其手，曾居此三载，家居农具，半村人户轮番做来。此村饮水，皆在门前河道取之。某年，担水者桶中浮一死婴，后于上游择地，另辟新取水口。未曾求证，然村中老井数口，至今犹存，水清可鉴人影。死婴事，恐为江湖戏言，不足信也。

野菜食疗

春暖时节,最宜花草入食,常见者,香椿、枸杞芽之类,城中泛滥,沦为俗物。折耳根、蒲公英者,广为人知,亦为大路货色。因效神农氏,尝百草为药。食谱药典,前人已备,兼得拍图识花之神器,一一辨识,得诸多闻其名而未曾见之实物,不胜惊喜,此为山居又一乐事。

啖地木耳

原野大食橱,俯身即可得,佐餐之野味,四季循序出场,难计其数。地衣,真菌类,生雨后潮湿阴凉之处,或石上,或树下,或草间,漆黑乌亮,皱褶凹凸,大小色泽类木耳,故呼之地木耳。多泥沙,难清洗。以之炒鸡蛋,清香异常,亦可沸水烫熟,凉拌之,极鲜嫩。此物夏日最盛,网购晾晒干货,储存久之,皆莫如亲手采摘,现烹,滋味悠长。

蔬　菜

　　山房留半亩闲地,数年未耕耘,地贫甚。种蔬菜若干,稀疏几苗。果如陶渊明所言之"草盛豆苗稀"。雇一村民,细心照料,不日即长势喜人。此为无公害者,欣欣然呼朋唤友,轮番分享。客笑曰:"汝菜贵矣,沽值不足劳力也,每月出产,价值几何?"余闻之而语塞。世间事物,若皆以价衡之,多少事儿,便了无趣味。趣者,无价,得其乐者,菜,亦非菜。

浇　园

　　晨起,清除草坪杂物,犬粪、野草,此废物也,我则宝之。剁碎,混合,置巨桶中,注水储存。数日后开启,汤色黄亮,其味与粪坑无异,自制上等农家肥也,以之浇灌蔬菜,若见舒张痛饮之快意。路人溜达,对语曰:"他日得闲,当寻乡间小院,种菜地二分,得无上之乐也。"兀自埋头浇灌,忽闻对语者惊呼:"好臭!"遂快步避之。呜呼,世人口称羡慕有机之蔬菜,却怕天然之臭味,岂非叶公好龙乎?余以古法复兴,只管泼洒,不亦快哉?

玉　米

苞谷熟矣,外绿内白,颗粒饱满,冰清玉质,如襁褓酣睡之婴儿,煞是可爱。蒸煮至熟,啃、咬、嚼、吞,大快朵颐。山间鸟兽多矣,裸露之蔬果,多半遭殃。唯深埋土中之红薯、花生、土豆诸物,尚可收获。玉米者,有自我保护之智慧。多食玉米,可增智慧乎?

摘　果

山房有李,累累悬垂,串若葡萄,路人攀摘,主人呼曰:"手下留情,注意安全。"那厢嘴上应承,动作愈快,几成扫荡之势。一日而整株渐零落,三日而光矣。

进　食

小儿进餐,甚为难事,慢比蜗牛,少似仙丹。遇西安客,川味开怀,饕餮一饱,座上二女童,捧手机,目不斜视,至散席,仅啜酸奶一口。妻讶然而视,忽释然一笑,想来天下孩童,大抵如此。

鹅　蛋

山房鹅夫妻,隔日产卵一枚,倘孵之,月可逾十,年可逾百,浩浩乎鹅群,若移动之白云也。鹅者,有翅不能飞,他人食其子而不觉,其情若此,驯化之力也。初于岸边草丛,随地产卵,两岸搜寻,所获颇丰。后以索拴之,以草褥之,只一日,则生积习,凡欲生蛋,自动归位,果真家禽之基因作用也。

混　食

家养白鹅,雌雄各一,出双入对胜鸳鸯。河中有健鸭,春日两度来临。观其体貌,俨然家禽也,然擅飞行,独往来,有野气,或谓家养后又逃离者,若流浪猫狗,其为流浪鸭矣。复有黑水鸡一只,与鸭鹅为伴,极警觉,多伏草丛。鸡、鸭、鹅共餐食,主人日奉双倍口粮,亦得双倍之乐。

炒　茶

余尝自制薄荷茶,簸箕摇之,手掌揉之,欲断其青。小儿士同观摩,问曰:"汝慢摇为何?"答曰:"魔法催眠。"逾时观之,绿叶转褐色,蜷曲身姿,果如酣睡。儿惊而复问:"何时醒来?"答曰:"任何时刻,开水浇之,杯中苏醒。"

老酒腐乳

岳母善制豆腐乳。豆腐切块,置稻草上,低温发酵数日,复浇烧酒去霉,裹以辣椒、香料,装陶罐储存,随食随取。某日,选市场品牌数种,一一陈列,全家盲品,口感各异,出众者,皆自家所制,余甚奇。

卷二　探味

又,某日取库存老酒待客,摇晃数瓶,皆空空如也,正疑惑,妻指岳母,复指豆腐乳,眨眼示意:"名酒尽入腐乳矣!"难怪自家腐乳为上品,当是陈年佳酿之功。

花　生

对岸花生地,农妇独自采挖。询其价,五元一斤可得。然泥土板结,须颗颗抠将出来,半日不过十斤。村中妇女务工,日薪七十。两相较之,工价亦不匹配,遑论花生、土地、肥料之累计。村中地块撂荒,亦知其然也。

挂　面

余乡挂面,朝中贡品,细而中空,食之唇齿留香。儿时梦寐以求,及成年,逢年节,偶解馋。春秋作,须晴日,加盐发酵,中空,偏咸,人煮之多不得法。得识挂面世家传人，授一秘诀：碗中盛白水，加猪油、葱花，再入面，添豌豆尖，则咸淡适宜，鲜香可口。试之，果然。观今超市，称挂面者多矣，皆机器作业，其法有别，口感亦差之千里，皆取此名，余忿忿不平。

煤油鲫鱼

童年某岁生日，得一鲫鱼，母亲煎之做汤。餐桌半月不见荤腥，三弟兄如馋猫，引颈围观，不慎挤翻油灯，灯油混入菜盘，鲜鱼废矣，余大放悲声。母亲抚慰，清洗，续煮。待熟，含泪搛鱼入口，有浓烈煤油味，铭记一生。

敬　酒

狂狷客某，素轻权贵，行走坐卧间，依稀魏晋风度。家族喜宴，邻座一席，或商界巨贾，或仕途红人。

姑丈目其端坐,遂促之:"端酒杯,走一圈!"以示礼数。某领命而行,把盏疾走,口中喃喃,目视屋顶,绕席一周,复归就座。姑丈讶然呆立,奈何不得。

馕

韩敏自新疆回,赠一馕。余偏爱,欲独享,午餐就茶食之,晒图,引来众人问候,或言简单,或疑减食。固非知,馕者,本旅途之餐食,可久存之。今得之,倍珍惜,欲细细品尝。孰料,甫一发布,转瞬,一碗热腾腾羊肉汤上得桌来,余甚异之。乃一同事目睹图片,觉甚寒酸,心生怜悯,赠汤一份。

公　筷

疫情持续肆虐,世人倡导健康新风,诸多旧习改观,握手变打拱,聚餐变分餐。然,积习难改。无论餐馆层次，公筷为一摆设。呜呼，置若罔闻，岂非小儿乎？

蛋　卷

家有萌娃，早餐蛋，煎之、煮之、蒸之，煞费苦心。恐其嫌弃口味单一，遂苦心"变法"，参阅网络菜谱，试制蛋卷，卷菜蔬于蛋皮中，老少抢食，频频点赞，余作操盘者，甚慰之。

菜　板

韩木匠，警界才俊，父以木工为业，耳濡目染，幼而好良木。借精良设备之助力，赖域外材料之珍稀，求时尚工艺之繁复，此三者，旧时木匠断乎无为，望之摇头兴叹而已。村中设木工坊，秀日常视频于网络,花样别出,粉丝众多。奔赴求艺,学子雁聚。赠余菜板,十字拼花,若名牌包,精致有加。

谋　食

　　流浪牲畜,寻求庇护,时有猫狗至,此山居之常态。一幼犬来山房,岳母坚拒之,不与食,乃曰:"此白尾,带孝,不吉。"后,小犬与鹅盆分食,与鹅嬉,随风长。岳母每以残羹拌鹅食,鹅疑而窥视,油荤者,为白尾犬吞食一空。

餐　食

　　"食不言,寝不语",此古人修身之道,亦为餐食之礼。然,相顾无言,默然而食,何其难哉。凡父子同餐,便若逗趣场,士同以薄饼贴面,谓之"黄金面具",余则以藕段作猪鼻,称"八戒来也"。父子比拼,乐此不疲。但使人生多妙趣,何必生涯论短长?

洗酒杯

常谓老人顽固,习惯难改。八旬岳母小酌白酒一杯,饮毕,以餐纸一擦,复置酒杯于壁橱。余取而嗅,尚余酒味,欲嗔怪之,其高声曰:"汝某日若此也。"遂语塞。回顾某日,余以纸拭杯内壁,类蛙鼓声,以之取乐也。

苦　礼

村中某翁,教坛名师,居家退养,闲作寓公,时有学子携礼登门。独一殷勤者,月月准时奉送鲜红薯若干,言其家乡特产。翁愁眉苦脸曰:"家人喜食土豆,不忍拂其美意,故红薯亦强食之,以求完结。奈何源源不断,几成恶性循环矣。"余闻之而笑:"汝之苦,小矣。吾岳母,尤嗜家乡味。吾连襟家在绵远河畔,其地污染,央媒有报。然,米面粮油,蔬菜家禽,年年准时送到。每有货到,与妻密谋欲偷换之,必遭岳母怒目逼视。一日三餐,望而生畏,以毒行孝,苦莫大焉。"

庄 稼

凡城居者,多临川羡鱼,欲得自家田园,种生态蔬果,产鱼虾稻米,自给自足,当是梦寐以求也。辛丑春,赁土地十数亩,农人弃耕入城,杂草封田,雇工垦之,种稻谷、育高粱。偶至郊外田园,但观长势繁茂,回顾自家田地,高粱稀疏,稻秧萎靡,稗草丛生。须知土宜肥、勤灌溉、除杂草、驱鸟兽,侍弄田地,不得一日之清闲,雇工隔三岔五而受命,勉力为之,收成未可期,工费开支已是收成之数倍。呜呼,未知秋收之后,田园将芜,将欲何为?

野　菌

夏日雨后,山林杂菌丛生,方圆十里之外,则稀少难觅,此为一山之特产矣。山珍美味,然有毒之菌间杂莫辨,故有司颁证,特许定点经营。每期暑至,邀约友朋,饕餮数番。

蒸　蟹

新春佳节,蟹黄、蟹膏皆肥硕若鸡子,且价平平,可开怀饱食。蒸蟹宜用冷水,火渐大而水渐热,若泡温泉,极乐往生。曾以沸水蒸蟹,开盖见蟹脚脱尽,知其挣扎之惨烈。又闻某屠宰场,杀猪宰牛前,均以音乐抚慰之,人性,共性也。

青椒蛇

下厨,欲烹虎皮椒。青椒十数只,首尾卷曲,随铲而动,若群蛇起舞,或昂首,或翻腾,纠缠不休,望之而脊背生寒。

藏　茶

天寒地冻,得一新壶,欲煮茶暖胃,取陈年熟普,沸水冲泡,汤色红亮若玛瑙,滑爽惬意,直入肺腑。方出两泡,一人独享,若读好书,才及序言,尤待高潮,留于明日。临出门,恐遭倾倒一空,遂覆以书本,小心藏匿于书柜。

熏腊肉

冬至将临,年猪待杀,念及传统烟熏,浓浓年味是也。时下空气污染管控甚严,村中某户熏腊肉,刚生火,方冒烟,遭遥感监测而被劝止。

红 薯

水培红薯,只三五日,下长根须,上出嫩芽,芽生藤,藤长叶,一路蔓延,蔚为大观。此土中食物,做了案头景观,亦别具趣味。又,鲜红薯出土,一元一斤;烤红薯出炉,八元一斤。此一产农业与三产服务业霄壤之别也。

卤　鹅

街肆二卤店，一卤鸡爪，一卤鹅。余惯以鸡爪佐酒。某日，鸡爪沽清，转顾卤鹅。贾者悄声言："鸡爪，异域冰冻之物，可疑；鹅，每日鲜宰，大可放心。"举肝脏示余，以佐证。钱货两讫，方行数步，闻贾者背后高呼。返身，其面含愧色，于墩侧拾一鹅块，喋喋不休："漏装矣，抱歉，抱歉。"感其诚意，遂频频光顾。某日席间言及此事，一冻货商呵呵而笑："腌卤品，多冻货，非秘密。现杀鲜卤，真鲜见也。汝所购之某家，亦为吾之常客也。"余闻之而瞠目。

掐　葱

菜园半亩，时蔬可爱，香葱蒜苗，芹菜芫荽，蓬勃满园。凡为作料，无需起根茎，仅掐取嫩叶，隔日复生如初。留得青山，不愁无柴。路人见之曰："过日子，当如此。"

杏 子

乡村夏日，山果次第熟。房前屋后，菜畦周边，杏、李、桃，硕果累累。然村舍多闭户，无人采摘，雀鸟啄食，败坏垂落，一地金黄。

鱼 庄

黄许中兴村，有张三鱼庄，甚美味，日沽鲜鱼百斤。饕餮食客，翻山越岭而来，有口皆碑。无牌无幡，经年累月车排长龙。村中老妪，门前兜售草药、鸡蛋、菜蔬。黄瓜数根，皮几近褐色，有冰裂纹，貌似老态龙钟。凉拌、清炒,皆鲜美异常。

高槐比邻之鱼庄,无店名而自带口碑,此隐匿乡间之美食,时有耳闻。村民杨某,早年于寿丰街市鬻鱼。近年自家院落做鱼庄,厅堂简陋,鱼儿肥美,厨师兼店小二,老板一人担之。其下厨也,视来客数,取份量合适之鱼,清蒸凉拌,油炸红烧,自鱼头,至鱼尾,乃至鱼鳞,悉数入菜上桌。来客夸赞有加,扪腹而别。

艾　茶

人居草木间,茶也,断青烘烤储存,遇沸水复鲜活如初,灌木乔木,可入茶者多矣。艾,本草为药,端午悬门,凡孩童腹痛,取之泡水饮,痛立止,屡试不爽。今获芳邻赠艾茶,甚喜。其刷抖音有见,遂尝试之。网络改变生活,此言不虚也。

藏　香

书房焚香,喜其草药气息,醒脑提神,读书尤宜。某日,获观一藏香文,言主材乃牦牛粪便。后,每燃香,则脑补草原风光,牛羊成群,粪便款款出,似有一缕热气,飘然鼻间。

南　瓜

路遇南瓜,未曾识别之品种,小贩曰此乃"癞子南瓜",谓其浑身疙瘩也。余戏言:"貌似苦瓜杂交,口感未必甜也。"

生　姜

生姜出土,婀娜多姿,可比美人。俗语云:"姜辣口,蒜辣心,海椒专辣嘴巴门。"若此,则生姜美人为重庆妹儿,言语厉害之泼辣型。

核　桃

时近中秋,核桃熟透,青皮爆裂,果实蹦跶脱落。居树下,有守株待兔之愉悦。仰望,累累一树,若天然一食盒也。

余　粮

橱中米面，虽密封干燥，隔绝空气，但放置略久，则有虫蠕动，盖因虫自内部来，避之不及，避而不绝也。念世间万物，一方废弃，一方企盼，终归循环，各所欲也。书亦然，束之高阁者，往往大部头。曰闲书者，偏不闲，轻薄若零食，香嘴巴而莫可饱肚腹，食之有味有瘾，马上厕上，随手可取。

月　饼

近中秋，驱车十里，得什邡云西月饼，城内有李记，作坊忙碌，全年无休。店家叮咛曰："无防腐剂，仅可存五日。"月饼以黑芝麻混牛肉丁为馅，绵柔香甜，真佳品也。

槐隐有柴窑面包,烤吐司颇受青睐,祈愿其成一村中特色,远近来淘,岂不美乎?

石　榴

昨日收石榴二箱,为匿名快递,心生感动,竟莫可致谢,唯心存感念。此类事也,不知凡几,民宿之美好,结识异地同频者,山房来客,不亦乐乎?

种　菜

闲游东郊,误入福寿庵,古树、石墙、飞檐,庭院幽静,一派清寂。八旬老尼,白发雪肤,与檐下二三居士并坐,自带隔世仙气。狭小戏楼,清代遗物,三五村翁,楼下方桌斗牌,叼烟翘腿,俨然茶馆味道。楼前广场,石板平铺,中央陡然开启数方,凌乱堆砌,其下重见天日之板结黄土,栽种菜苗,了无生气。环顾周遭,良田丰饶,田边地角亦倍阔于此,即或菜地遗弃之物,亦远胜此精心呵护之收成。未知何故如此,目睹之,欲哭,欲笑,亦哭笑不得。究其原由,定有故事焉。

葡　萄

　　庭院葡萄,未及照料,多为鸟雀口粮;某日无意取之,口感甚佳,远胜市集所购,惜残余无几,恨识之晚矣,跌足而叹。

甘　蔗

　　小贩售货,多可品尝,西瓜桃李,花生瓜子,不一而足。路遇甘蔗货郎,亦切削样品良多,凡取而咀嚼者,均觉甘甜爽口,纷纷解囊,瞬息沽清。余亦购一根,归而咀嚼,其味寡淡,方知其样品者,皆选根部也。民谚曰"甘蔗苋苋老来甜",此言不虚。

花 宴

徐君痴花,历三十载,矢志不渝。今归故里,营造农庄曰"香密码",满园春色,一径芬芳,池中游鱼嬉戏,院外飞鸟酬唱,林间日光斑斓,恍如尘世桃源。熏花蕊之香,呈杂花之茶,品花酿美酒,食花瓣沙拉,口舌生香,饕餮如蜂蝶,飘然似神仙。归来已数日,犹如在梦中。

盗 谷

蜀乡旧俗,秋日稻熟,头碗奉犬。传曰稻米为异域物种,犬渡河,晒场打滚,稻种藏毛发间,既归,遂有稻米生生不息。故，白米干饭，必先予犬，谓不忘恩也。客闻之曰："稻谷，本为盗谷乎？"

曲水流觞

染云河畔，水榭数座，蓝翁目睹而眼眸炯炯有光，高声言曰："三月春归，河水盈盈，十余诗友，可举杯抒怀，是为曲水流觞。"

桃形李

姨姊携新果归山房，一筐红艳，形若桃而色若李，名曰"桃形李"，嗅之有蜜桃香，食之含血李味，料想为桃、李之嫁接，此名直白而意境生焉，倘遍植校园，每见枝头累累，或可促学子苦读，善哉！

栽　菜

翻土欲栽新菜。清晨入市,购菜苗若干,见日头冉冉升,心中默念"万物生长靠太阳",急欲置入土中。有老农阻之曰:"傍晚栽,浇足坐苑水,一夜露水滋养,清晨必鲜活如初。上午栽,遇烈日当顶,土亦升温,上下煎熬,焉能成活?"

早　餐

士同走读,冬日上学,入校早餐。送毕,余则街头寻美味餐点,或羊肉米粉,或油条豆浆,严寒雾浓,一番狼吞虎咽,浑身通泰。寒假蛰伏村庄,至开春复课,再寻旧址,羊汤店、油条店,均食闭门羹。竟若:读罢《聊斋》出门来,餐馆隐匿迷途中。

小火锅

什邡回澜,有慧剑寺,唐时初建,名寺也,国级文保,竟荒废数载,不明缘由。寺庙牌坊下,小火锅店鼎盛,沿街联排,气势非凡,异地食客慕名而来,为一奇观也。又一镇之特色串串,爆火,食客三千,檐下同席,挥汗斗酒,不亦乐乎。车流往来,络绎不绝。问其故,唯一鲜字。门前马路,屋后铁轨,皆开其源也。

肉　票

王占黑新作《小花旦》,进大润发,乃因内含标题大润发,故勾连之,拓展图书之渠道,实可嘉也。昔年书籍设计师朱君赢椿,编选《肥肉》一书,内赠肉票五两,兑换某品牌之猪肉,可谓跨界营销之高招。近期再版,亦上盒马生鲜。超市卖书,蔬与书同贾,可喜可贺。

苦丁茶

厌烦绿茶,碱浓伤胃,平素喜好滇闽红茶。前日得海南苦丁茶,小袋一泡,参阅说明,不可久煮,遂以开水略一冲之,色泽淡绿偏黄,呷之,入口满腔苦涩,吐之唯恐不及。复观茶汤,色泽若黄连水,急弃之。又数日,心有不甘,分拆少量冲泡,品饮沁心,入喉回甘,甚好。方知,错怪茶叶,乃个体差异,若饮酒,量之有别也。可知世间事物,拿捏得恰到好处,最是难得。

舍得酒赋

罗君晶宝作《舍得酒赋》。稿成,字数百零一,复上下检查,终不可删减一字。忽有所悟,此非天意乎？满百而溢，舍而有得，钱财若浮云，虚实复轮回，不可固化，正暗合舍得之真意也。

买玉米

沿河散步，过一花生地，闻农妇谩骂，倾听有时，知其原委：花生多处为人盗走，故骂而泄愤，亦震慑后者。然周围旷野，独一小道，前无足迹，后无身影，唯我夫妻二人，闻之尴尬万分。念及初入村庄之夏日，山道徐行，玉米吐须，灌浆正好，不觉口水滴答而下。大声问询，无人应答。遂选饱满者掰之，复置零钞于空叶片内，想那农人正怒火中烧，骂声尚未出口，却见钞票大于市场价值，岂不转怒为喜乎？数日后回访，钞票已不复存，不知是为主人所获，抑或为路人所得。

吃　鲜

市场买鱼,选其肥者,网兜捕捞,鱼儿漏网蹦跳。女店员念念有词:"猪要吃得叫,鱼要吃得跳。"何故?鲜也!

牛　奶

超市购牛奶一箱,包装盒尺寸颇巨,状极实惠。拎而归家,呼家人分而食之。上层转瞬即空,复取下层,眼观盒尚满,手探而中空。细究,乃以厚纸板隔之,下部虚设,凸然隆起。呜呼哀哉,商贾失道,居心不良也。此等设计华而不实,倘若沽者无意,购之赠礼,连带遭骂,岂不冤哉?

中　药

随轻抒兄寻中药铺,指店中药柜,店员答曰:"无药。"数家若此,空药柜,装点门面也,等同商贾书房之空白书籍。初不解,问询方知,中药铺须郎中坐诊施药,然把脉郎中日稀,西医当道,中草药式微也。遂至同仁堂,老字号,品类齐全,药香盈室。闻药师口中喃喃曰:"天龙、地龙。"甚奇之,细看,乃壁虎、蚯蚓也。

预制菜

饮食改良趋势,求便利快捷为要。预制菜始盛行,工业成品,化烧炖蒸炒为略做加温,施与料包即可。百家餐馆,口感无二。以此类推,或许他日胶囊一粒,营养热量足矣,何须于吃食枉费工夫,便少却了些许味道。

先苦后甜

闻顾恺之啖甘蔗,自末端起,问其所以,云:"愈来愈甜,渐至佳境。"今人某,食瓜子,自粗大者始,余者皆小也。凡取之,皆余者中最大也。此二论,似皆有其理,可如法炮制。

围　炉

壬寅冬,围炉煮茶火甚,红泥炭炉,煨茶一壶,众人围坐,海阔天空,拟宋人之雅集。一时风靡城乡,村头院落,无一处不围炉。坐久,炭烤番薯瓜果,继而红肠肉串,再而煮肉温酒,其乐陶陶也,类同夜啤烧烤。呜呼,凡一事物火热,则滥矣。

大　鱼

夏日暴雨,鱼塘漫溢,上游多有出逃者,沿途滞于沟渠。某耕夫,过高石堰,闻河中泼剌有声,目睹白光闪烁,一肥鱼,巴掌阔,尺许长,大喜。遂携钓具,晨昏蹲守,越半月,无所获,妻怒叱曰:"汝欲鱼,其价几何,吾沽之,为一鱼而贻误耕种,孰轻孰重耶?"邻里闻之而笑,此新版守株待兔也。

鸡枞菌王

野山菌,山珍至味也,夏日雨后,林中多见,尤以鸡枞为最。其天然鲜香也,栽培之菌断不可比。前日得数枚,撑若小伞,肥似巨掌,冠盖群雄。思之,须施以炒、炸、煎、烩、焖、蒸、炖、煮诸法,方可大快朵颐,以解乡愁。

草木光阴

园中巨树挺拔,冠下苗木,隔绝雨露,皆枯瘦羸弱。偶见斜阳西来,一缕追光至,狗尾草也,摇曳生姿,其昂扬之神采,若巨星登台。草木一世,寂寂无名者众,此刻也,俨然狗尾草命运之高光。

盆栽甜枣

盆栽一枣,具树之形,粗不及拇指,只若苗也。春日花开,蜂蝶自来,至立秋,累累果坠,如少年荷担,迎风踉跄。盆土时有干涸,则枣皮皱缩,作愁苦状,待水肥土润,复圆润如笑意满面。

旧瓶新装

行销出新,凡名品之外形,咸为资产,借题可作新文章也。推贵州酱酒奶茶,借茅台酒之名,博世人之眼球;以二锅头之表,充汽水之实,装少年之酷也。

馋　相

少时缺食,常年半饱,目睹万物,唯辨其可食与不可食。餐毕,碗盘光可鉴人。偶遇荤腥,细嚼慢咽,如坠梦境,恨不得时光永驻。每食猪脸骨,自牙龈始,再而骨缝,至附着物消失殆尽,不可吞咽者,若坚牙可胜之,则敲骨吸髓。骨中藏一尽头牙,浑圆若玉,如未爆响之哑弹,尚未钙化,粉嫩雪白,破而得之,以齿碾磨,至渣残汁尽。庖丁白刃解牛,东坡火烤羊脊,旨在骨肉分离,岂知骨中胚牙藏焉?至今日,遇卤凤爪类,香极,无论皮肉趾骨,吞噬一尽。有花生米自箸上逃逸,必离座而俯身遍寻,"捉拿归口"方坦然,邻座惊而侧目。此嘴馋吃相,实不雅观,然旧习难改矣。

重　阳

重阳登高怀远,胞兄返乡,以废弃养猪场,建一农耕文化园,曰"石砌时代",重阳众筹设宴,尽孝敬老。村中翁妪,济济一堂,鹤发欢颜,口无牙而笑灿然,其乐融融。岁岁如是,历时五载,远近闻之而来,今岁逾六百之众。

石　榴

石榴硕大,欲剖之食,恐不能尽,而弃之可惜,每见之,动念辄止。逾数日,色渐衰,皮愈皱,愈发不可

118

食,留之以充文玩。呜呼！其果也,自花而孕,汲风
露之养,沐日光乃红,历急雨而生,避虫噬尚全,经千
山万水,辗转而来,本欲大快朵颐,欣然一饱,则天意
圆满,岂知错失青春,寂寞冷宫,暴殄天物。

又,兄长于山间野塘放鱼苗千尾,历五载不顾,
鱼儿自逍遥。捕捞之,长至半米,重达廿斤,人见之
而皱眉,过矣,三五斤时味最美。

再一,燃气炉之电池,购一对,用一而闲一,待此
一耗尽,彼方可登场。是日也,此闲置备用者亦奄奄
一息,能量早已散失。

非独此三者,天下万物,皆以时运为要。哀哉,
奈何奈何。

豆　芽

小儿遵师命,育豆芽,日观其变,作文记之。蓄
清水,浸绿豆。只一日,则若梦者复苏,打哈欠,舒筋
骨,伸拳脚,吐新芽,长根须,撑旧皮,继而挤挤挨挨,

密密纠缠，三五日，蓬勃一钵也。与儿言，此间之力为何？水乎？光乎？非也，乃生命之力也。万物复苏，皆为生命之唤醒。儿恍然有悟。

冷泡茶

去岁兴围炉煮茶，烟雾弥漫，一派和乐。今夏冷泡茶翻红，加冰，若饮酒。古人作秀极致，必江心泉、雪花水。茶也，或煮或熬，无非泡个色儿，出个味儿。川人喜盖碗茶，冲壳子，海阔天空，日暮离座，盏中色味俱失，茶叶惨遭沸水蹂躏，只若残兵败将，蜷缩无言。

卷三 逸趣

村居之乐，闲情逸致，必赖场景并心境相合耳。春种秋收，风来雨去，世代如此，则唯透亮之眼目。人间一遭，苦乐并参，悲喜更迭，而能于悲苦中寻得喜乐，则如披沙拣金。人之有癖，精神所寄，醉心其间，徒费日月，而乐此不疲，如陶靖节之于菊，林和靖之于梅，米襄阳之于石，烟霞林泉，花开花落，不费银两，亦无价可估。

画　室

画人梵旭,大厂子弟,酷爱绘事,美院学成,从装饰之业,旌城餐饮,装修出自其手笔者,屈指不可计也。余入高槐,呼朋引类,欢畅聚谈。梵旭偶遇,喜近郊之原生态,赁邻舍小院,辟为画室。画,乃各色残渣碎屑,混乱涂抹,谓之"综合材料实验"。其艺事广泛,分门别类,有专事金属焊铆,有架上巨幅油画,互不干扰,各得其所,如敲鼓也,兴来巡游,偶一幸临,故闲多用少。人谓此商业之佳处,数人周旋,欲其转让,皆不可得。盖梵旭坚守初心,不为所动也。

栋　哥

张栋,绵州人氏,戊戌始,受袈蓝文化委派,蛰伏高槐,节假无休,春秋五载。推儿童创新培训,聘任师资,义务教授,吹拉弹唱,文武兼修。初,村中小儿,扭捏来去。后,老客拉新,有口皆碑,声誉日隆,邻村及城市儿童,陆续投奔,栋慨然接纳之。组少儿合唱团,逢年节,着盛装,添粉墨,悉数登场。某日,受邀闲话乡村振兴,其正色曰:"儿童之未来,乃乡村之未来。"余闻言一怔,果如此,栋之名,岂非天意乎?

书票新生

书票,藏书伴侣,微型版画,置之扉页,或风景,或脸谱,可黑白,可套彩,精微藏大千,个中得妙味。藏家印信,书籍增色,读者偶遇,平添雅趣。五百载英汉共识,八万里海陆互通。昔名家标配,擅制者甚众。今印业发达,出版泛滥,书票者鲜见之。有崔氏文川者,晋人,长川西,居长安,曾事书刊编辑,少而好藏,自火花而书票,中外古今,洋洋大观,逾万枚之夥。借数码设计之便,免刻板雕花之苦,作新式书票,得好之者激赏,若一缕微光,拯书票于危途。闻崔君书票展于绵竹,余邀同好者观之。图书新馆,别致殿堂,书山堆列,任君徜徉。辟艺术空间,策惠民之展,何其美哉。但见书票,微小者若豆粒,巨阔者胜手掌,国内名人,海外珍品,或签名,或嵌印,更兼先生自制者,多具诙谐妙趣,随手指点,一票一故事,遐想联翩。先生爽朗,言之义展,回馈故土,别无他求,欲以小书票,开胸襟,促阅读也。

春日诗集

入村有一廊桥,状若沙漏横卧,清流之上,游客往来穿梭,叹流光之飞逝,游目村舍,颂时代之巨变。初,冰冷空落,徒具其形,遂倩丹青名手、诗坛翘楚,绘美图,赋佳句,以状其色也,成,谓之曰"文风桥"。邀作家回顾,值草长莺飞,和风依依,春水粼粼,野径铺翠,百卉争芳,众骚客徜徉阡陌,振臂奔跃,花草树木,旧貌新颜,依稀熟识,争而指认,辩论不休。或因名别,或因形殊,呼之有异,自是不同。赖识花君拍摄辨识，平素见其形，书中闻其名者，此一刻方得名实相符也，开怀而笑。田间踏青，重返课堂，休论年长学高，皆作启蒙小儿。倍觉有趣者，桑眉采锁眉草锁龙柄之眉。餐桌见春色，杯酒比豪情，然言及病痛离人，复闻一片吁叹，几多欢颜愁容，诗意乡村，果能抚慰乎。是日同行者，桑眉、李龙柄、胡马、吴小虫、宋光明、邱海文、刘泽球诸君，九冈忝列。

蓉城搬书记

承蒙书家立新兄美意，得蓉城车博士赠书。其恐余嫌弃，特示图片一观。多精装成套者，类别杂陈，品相端严，亦有涉诸冷门者，似贾值不菲。且慷慨而言："汝甄选，余者当作废物倾之。"遂登门。见主人纤弱，衣衫简朴，年近退休，无暇旁顾，唯昵一二兴趣者，余皆散之。每攀高取一书，则诉其来源，小心摩挲，如抚婴儿。环视书屋，累累盈架，积数十年节衣缩食之功，一朝离别，唯愿所托为良家。闻余将做公共阅读展陈,凡遇精品,则嘱咐,汝私藏可也。束之,逾五百册之巨,雇一货拉拉,载至染云美院书屋,列于架上。复返图于前主人,主人竟连连称谢。呜呼,得之而谢,遣之亦谢,凡书存世,皆大欢喜,谢天谢地也。藏书者逝,旧物遗弃,屡见不鲜。昔日墨客苦吟,刊诸枣梨,广为流布,乃至借阅手抄,惜书如金。今世印业发达,却无借书之黄生,遂至四处白眼。悲乎。

平　衡

书家白斌言,宅院临鱼塘,夜闻泼刺声,鱼产卵耳,密集排泄,或将数以千万计,想日后卵成鱼、鱼产卵,拥挤不堪矣。日见白鹭翻飞,恍若叼鱼比赛,乃悟,自然界自有生态平衡之道也。

天 性

白斌乡居,育鸡雏四,满院撒欢,脚踏饮水钵而出,则庭院若白宣,满地写"竹"写"个",自有天然妙趣。鸡雏生无畏心,有猫瞑目养神,鸡啄其头,猫亦享受有加,其乐融融也。后院一狗,铁链束之,某日归家,见狗舔嘴,地面鸡毛零乱,鸡者四失其三。幸存者缩于墙角,瑟瑟发抖。后,凡主人归,小鸡必尾随脚跟,寸步不舍,若有无形之绳牵引。

"鸭儿"

坊间为书画装裱、展览及画人休闲处,先前为废弃之粮仓,主人谢姜费心营造有年,始开门纳客。然苦于鼠患,周遭多餐馆,后院乃硕鼠天堂、野猫乐园。

遂畜灰猫一只,名"鸭儿",蓝眼怒目,须眉横伸,有猎豹之威猛气。初至时,喜暖阳,饱食终日,门外猫跳、檐上鼠窜,皆不顾;不数日,白昼未见踪影,半晌,带伤归,血染腿根,略无惧色,昂然若英雄凯旋。自此,领地独占,圈地为王,野猫远遁,老鼠绝迹。

度　假

西安客再度光临,携二女童,村中树屋民宿、帐篷酒店,轮番体验,蹦跳欢悦。父母陪伺,大小同乐,此暑假之标准模式也。

鸟　鸣

天色拂晓,百鸟争鸣,若赏天籁,唤醒辰光。起而啜茗晨读,心倍悦之。然闻窗外有鸟语,如鼠声之吱吱唧唧,不觉汗毛倒竖、鸡皮疙瘩尽起。鸟隐树丛,未窥身影,不知毛色靓否,方知鸟亦未必尽为可爱者。

水　雾

夏日乡居,凡有裸露,蚊叮虫咬,包块累累,苦不堪言。设水雾装置,喷头激射,云雾缭绕,聊解暑热,亦可驱蚊。远观,座中皆蓬莱仙客也。

顽　童

邻家某翁四世同堂,视群儿若鸡子,溺爱有加,每见之,群儿上下攀附其身。春酒尝糯米团,翁曰:"牙上太巴(方言,指黏牙)黏瓷实,若顽童附身。"此言妙也,煞是可爱。

鹅　伴

　　白鹅夫妇,日游河中,夜宿檐下。有异响,必昂昂高呼,可作看门狗。与幼儿亲,喉间低鸣,若抚琴弦;若遇敌情,公鹅俯首进攻,鹅头似箭镞,凛然生风,直直刺来。待逼退敌人,昂首挺胸,横开双翅,锐声欢歌,好一番自鸣得意。母鹅自顾觅食,看似各不相干,料想内心必波澜壮阔。观之良久,恨不解鹅语。

躲　荫

　　户外烈日当顶,室内凉风盈身,白鹅夫妻于山房门口窥探,欲进而不得,其声哀哀,喉间嘶哑低语,张嘴垂涎,甚觉可怜。门外树荫蔽日,河上流水生风,好一个清凉世界,鹅儿缘何弃水离岸,余甚不解。

白　头

士同舔舐冰淇淋,呈一圆头,举而示母,狡黠笑曰:"等汝老矣,白头若此。"

笑　脸

士同早餐,拖沓磨蹭,母急甚,恐误上学,厉声呵斥。突遭晴空霹雳,士同小脸挂泪,大放悲声,无奈而俯首就碗。眼光一瞥处,破涕为笑:"嘿!碗里有笑脸。"遂伸食指,点碗中菜叶图形,口中喃喃曰:"头发、眼睛、鼻子、嘴巴。"母哭笑不得。

走　秀

山房植染走秀,央媒来访,村童露欢颜,妇孺换新装,艺术乡村,惊艳有加。染云二鹅,编外演员,急欲抢镜,数度乘虚而入,于 T 台摇摆自若。舞台炫目,生涯高光,人与动物,皆同此心。

木　艺

木匠韩先生,手艺家传,于村庄设木工坊,每有新作,炫于网络。其新颖处有三。其一,材质丰富,收藏级之海外名木,质细色沉暗含香,耄耋工匠,亦不识其名,唯摩挲把玩,啧啧惊叹。其二,款式时尚,家什规格,造型制式,皆破传统,观之夺目,客商青睐有加。其三,技法精湛,设备助力,多色拼贴,精巧绝伦,宛若天成。故天南海北,求学者众,入村体验,休闲解压,传统手艺,后继有人,生机勃勃也。

旧 病

村妪走秀,邻居胡孃告假,居家养伤——其脚跟为野犬所伤,潜伏二十载,今复发,须做手术,其毒剧矣,亦奇事一桩。

手 痒

士同每顽劣不休,余则呼手痒,作势拍打桌子,气势汹汹,轰然有声,以止其痒。士同畏惧,风停雨住。后凡士同遇不顺意者,佯怒而扬言:"我手痒了!"家人闻之大笑。

班　委

　　士同夸人，嘴上利落，真心诚意。问余："当年尝做班干部否？"余答："然，中学曾自荐墙报委员。""你好厉害！"士同拇指高竖，频频点赞。此余当年杜撰之官职，本在班级指标之外。幸遇明师，大胆授权。一虚名，多劳务，无薪酬，有荣誉。料想如今学堂中无此名目。

揭　短

　　乘出租回村，司机飞痰窗外。后座士同曰："随地吐痰，叔叔不对。"余哑然，急捂其嘴，岂知士同小脑瓜猛摇："老师教的！"至下车，司机急急发动车子，仓皇避之，终不肯留一正面。

感　冒

儿时感冒,老坛酸菜贴额头,辅以清油铜钱刮痧,或以酸辣椒粥,大碗吞食,则满头大汗,棉被裹身,捂出汗水,浑身涌泰,翌日恢复如初。民间单方,多有验证。今之医馆,夜间急诊,灯火通明,孩童满屋,古法不复用矣。

感　应

小儿感冒,母嗔怪曰:"该怨某妈,当面问询,必然应验矣。"此案例甚多。某日,见孩童院中疯跑,外衣脱落,满头汗湿。心起一念,恐要感冒,翌日晨起,鼻涕吊长龙,果然也。此何原理,无解。

人　气

村中草坪,广若球场,周末人群,骤然聚之。搭帐篷,摆冷餐,放风筝,追蝴蝶,猫狗欢跃,孩童奔逐,怡然自得,不亦乐乎。日暮散场,花木凌乱,遍地弃物,触目惊心。周遭商户诉诸有司:"蜂拥入厕,鸠占鹊巢;此非人气,实在气人。"

宿　命

一紫燕误入山房,翩然翻飞不得出。稍顷,满室惊呼,一片追打,灰猫嘴叼一物,急射而出,遁至果园深处。可怜燕子,小命休矣。客曰:"天空飞翔者,丧命于地上奔跃者之口,岂非前世冤孽耶?命所归处,必有因果。"众人方释然,复围坐,沉溺手作。

现　钞

现钞购物,学龄儿童之必修课。士同与其母模拟商店购物,仿真教学币,反复游戏,于元、角、分,混沌一片。授予数字加减,则答案分明。母急火攻心,几欲泪奔。忽闻手机播报:"支付宝到账一百元。"电子支付,已成主流,复释然,自我宽慰曰:"汽车时代,亦有不会骑自行车者,何必苦苦相逼?"

天　籁

银发音乐发烧友,啸聚村舍,丝竹管弦,吹拉弹唱,卖力比拼,日暮方归,耳畔犹噪音嘈杂。待夜色浓酽,池塘青蛙、草间蟋蟀、林中鸟雀,各自惬意吟唱,夹以松涛竹浪,无一声违和,无一刻刺耳,此为天籁之交响也。

犬　名

小儿动物园观展,识得毛羽甲鳞,买绒毛玩偶犬二只,大小各一,欢喜而归。是夜,母置小床,大声示儿:"旺仔陪汝可否?"余闻之而窃笑,凡呼之"旺仔",几成狗之代名词也,俗。闻儿回复曰:"不要旺仔,我要牛奶。"将仅可一握之小犬塞入被窝。余目睹复呵呵,"牛奶"之名出,则"旺仔"亦不俗也,甚妙。

表　扬

陪同同耍玩具,不慎弄坏,同同作色哭叫:"坏爸爸,坏爸爸!"忙动手修复,几番摆弄,完好如初。同同一跃而起,绕场奔走:"爸爸厉害,好佩服你。"

学　生

士同初入学,走读,课后无作业。然其晨昏出入,均背书包。检视一番,空包也,询问缘何空书包也背,答曰:"吾是学生。"

工　作

小儿散学,路遇武装押运车,护卫荷枪实弹,戒备森严。儿问父曰:"扫码支付,运钞车何用?"余拍拍其空书包,复指车辆:"此乃工作也!"

保　护

新购盆花,置于后座,恐倾倒,遂以安全带缚之。士同自后座大声嘲笑:"花盆非人,为何拴之?"父曰:"安全第一,草木皆生命,自当爱护。"士同闻之趋身出,手扶盆沿,小心呵护,全程未敢松懈,若待婴儿。

灵　魂

士同剥橘子,一声猛喝:"看我拔出你的灵魂来!"余闻之一惊,问之。答曰:"汝谓万物有生命,果然也。"高举橘皮,缕缕白色橘络颤动,复言:"看,灵魂在颤抖。"

打　水

士同沐浴，凡入水，必嬉戏良久。以小筐盛水，举至眼前，观水滴漏，乐此不疲。余曰："汝竹篮打水一场空也！"儿疾呼母观之："看我竹篮打水！"母至，见其高举塑胶兜，奋力搏击，水花四溅。母掩口而笑曰："此非打水也。"儿摇头曰："不懂，汝试打一比方来。"

数　鸽

邻居有信鸽，晨昏翱翔，与士同计数。余略一瞥，即报数字。士同求证，二目圆睁，左顾右盼，终不得确数。余笑曰："定格画面，咔嚓若摄影，瞑目数之，以静制动，可也。"

馆　藏

偶闻某书痴言,图书馆未能查到资料。余奇而问之。知情者答曰:"档次不够。皆因图书馆招标采购,价低者得,所供图书,质量不佳。"偶入某馆,但见图书内容与装帧多粗劣,果如其言。呜呼,读者免费阅读,无权挑肥拣瘦。

潜　能

自驾车有年,相伴数万里,某日保养,方知有前灯清洗、自动除雾诸功能。有而未用,颇懊恼之。友人母,退休始学画,三年有成,连续入展。念及汽车之功能,方大悟,机械之物,有赖说明,然亦有隐藏或遗漏之功用,况鲜活之人,必潜力无穷也。

比　梦

天光未开,小儿入学,拖拽起床,闭眼穿衣,啼哭为常态。其母急甚,询问何梦如此香甜,儿答曰,梦奥特曼与小怪兽激斗正酣。母大笑,儿亦大笑。后,闻闹钟声起,直从梦中拖将出来,先自梦中所得,相互陈诉,若一赛事,"比梦"遂为士同之早课。

涟　漪

士同晨读,遇"涟漪"一词,甚是不解。母言其画面:"水面细浪是也。"父闻之续补:"然也,涟漪似微笑,波浪若大笑。咧嘴莞尔,其法令纹则如涟漪,清风徐来,略起涟漪,遇狂笑不止,前仰后合者,当如狂风巨浪也。"

144

飞　鹅

　　山房畜二肥鹅,雌雄各一,春水盈盈间,悠游嬉戏,俨然鸳鸯之态。忽一日,离地奔跑,振翅而飞,似白鹤腾空,数十米外方才歇息。见者讶然,兴奋焉,惊扰焉,或有翱翔之志。日见退休老妪,群芳蹁跹,或画或舞,每日抖音刷屏,亦若染云之飞鹅,青春萌动也。

赏　花

　　花事浓烈,其香扑鼻,其色炫目,招引蜂蝶,求雌雄异株授粉之媒介也。故花开为结果,非炫花朵之本色,天性使然。

学 习

孩童课业日重,减负一纸空文,独老年课堂人气爆棚,琴棋书画,乐陶陶也。孩童厌学,长者好之。此终身学习耶？暮年补课耶？

一起作孽

士同入学,归家则伏案,纸质写罢,线上复读。父母执鞭立左右,若金刚伴夜叉。闹钟读秒,滴答急促。时闻抽泣声,祖母关切问询,痛心呵斥："啥子网课,一起作业(孽)。"

好记性

代坤自称延时记忆尚可，能逐一细数曾使用之手机二十二部，何家品牌，何时所购，何地所失。

书画防伪

"白石稍负微名，中外知其姓字，非双挂号不能到。"白石翁苦于盛名，书画邮寄便失窃。名家字画，赝品多于真品，防伪胜于盗窃。近日，与代坤言，以区块链技术做防伪，具唯一性，不可逆。防伪，区区小事耳。

肥　猫

染云有猫名"花公子",其母名"花无缺",折耳名品,天生残疾,惹诸多怜爱。猫无伦理观,常母子相亲,妻恐生事,结扎之,以绝后患。花公子营养过剩,身姿肥硕,客来逗弄,多误认为孕猫。

刺　巴

山顶有凹处,积雨成塘,自有鱼虾生焉。草间行走,裤腿必有植物种子跟随,沾沾草,巴上来。凡物种,皆负传承之使命。故,借风力者,若飞絮,若蝶舞;借动物之力者,入鸟腹,与粪出。大千世界,各有其道,未见口传心授,此教育者,基因使然。

天　命

　　初冬,整理菜圃,斩断牵牛花数丛,置于道旁。越数日,叶枯萎,花盛开。有花蕾十数,渐次开放,每日一朵,若舞台之演员列队登场,唯异于常者,花朵初大如杯口,后形似钱币,继之小若豆粒。根茎无地下水,则以自身储备供给,直至最末。其命若此,目睹而泪目。

手　机

　　旧物收藏者,张乃平翁,年近八旬,精神矍铄。有一怪癖,拒绝手机,不上网络。欲与之联系,非早晚方可,若时光停滞于程控通信时代。与其恋旧之秉性,倒也贴切。

嫁　女

婚车列队,亲友云集,燃炮仗,撒鲜花,山房门前抢亲,乐陶陶也。邻人问曰:"嫁女?"主人窃笑曰:"然,义女!"又数日,前番情景再度上演。邻人疑曰:"义女何其多也?"这厢答曰:"时下流行,求婚、出嫁,皆以民宿为娘家是也。"

背　手

村道路人凡反剪双手踱步者,岳母均谓其乃湖广填四川后裔,何故? 当年被押解之姿势已刻入基因也。又,岳母、大姨姊就餐时皆习惯站立于厨房或餐桌侧,不坐。问之,乃言:"快也。"后思之,此乃妇女不上餐桌之陈规后遗症也。

雪　景

偶见韩羽画雪图,唯勾勒一方框,中无一物,堪称空灵之极致。黑白玄机,空即是满,幽默可人,无限生趣,真乃神来之笔。

春　潮

画家刘克银,擅写川西小景,别具一格。得其《春潮》油画一幅,人勤春早,波翻浪涌,具无限张力也。若韩羽之雪求空灵,则克银先生之土,乃写实之诗意满满。悬之书房,芒种催耕,恍若有声,每睹之而力量暗涌,精神振奋。

山　脉

龙振宇,长于空间装置,善以废旧物作意外之喜。近日玩泥,随意拿捏,覆之青苔,则有丘壑峡谷、高岭大川之气势。夺人眼目,摄人心魄。思之,心有大千之象,目得微观之趣,必甘于自我小之,方可若此。

字　母

书法落款,数字有之,英文少见。昨日得军胜兄馈赠一联,并曾翔先生篆书一福字,落款"木木堂"为三字母,若暗语,颇有趣。

待　客

丁大居城北,院落敞阔,附带餐饮经营。先生广交友,能豪饮,时有南北朋友啸聚,把盏高歌。桌上菜少,以箸击盘催之,邻座上菜,则半路拦截之,客皆讶然。此余十年前同席亲历之。

不改文章

丁大先生擅词赋,常有茶楼酒肆慕名而来,求作联句、署匾额。稿成,以大字书写,交付客户。偶有中人反馈,求微调,则自怀中取一信封,润笔原物奉还,不再理会。

驼　铃

推一新项目,名曰"驼铃商贸",商帮驼队,横跨欧亚,诗情画意,甚是浪漫。后,会计办理业务,出示执照,闻柜台后窃窃私语,忍俊不禁,噗嗤一笑:老会计乃一驼背残障者。余亦尴尬万分,初时不知也,恐无意误伤,遂狠心注销之。

自　黑

镇小,街坊友善,尤重文。中学起,闻余作品见诸报刊,遂有代写合同、书信、诉状者寻上门来。一邱姓青年学艺归来,欲开新店,染发烫发,时尚前沿也。其时,粤港影视剧风行,遂名之曰"黑仔发廊",

154

老板甚喜,其肤栗色,乳名即为"黑娃",以仔呼之,颇增港派之洋气。招牌亮相,路人捂嘴窃笑:未闻有如此自黑者,汝是"夜晚杀猪——黑宰"也。

对 联

少时习书,亦自书联句,未求工稳,求新意耳。曾为一饭店书联:"杯小不惧豪爽客;碗大尤愁斯文郎。"当时所作联句甚多,独此联难忘。某夜,镇上失火,因供销社值班者秉烛而唱空城计,天明,余烟袅袅。满街交头接耳言店员之过失,独语文老师登讲台而朗声诵读失火现场之对联:"福无双至今日至;祸不单行昨夜行。"意外失火,救场之外,尚有雅兴作联句相赠,此古人遗风也。

牌匾

余祖父曾就职县文教局,能书,于诸多场镇有题写之牌匾。其时为民国,及余成人,初习书,骑车遍访之,无果。闻母亲言,余祖母生性胆怯,闻革命事,恐祖父受牵连,夜焚私藏书籍文档,内有某革命家予祖父之函件。家慈手示其模样,伴以一声长叹。

不远刻石

某日,藏家王君学武,偶遇一古旧刻石,大书"不远",甚喜,暗合"不远咖啡"之名,莫非天意?因荐而藏之。

王竹子

　　村中庭院栅栏,以竹居多,高矮粗细,屈直横斜,万千变化,不一而足。有王竹子者,手作竹椅为业,适村庄咖啡兴焉,雇主庭院呈各色花样,比照借鉴,邀其为之。接连忙活,经年累月,技艺精进,村中一游,如览专场。

猫　咪

　　三月茶室蓄二猫咪,一曰"三斤",一曰"四两"。

读　书

余出门必携书作伴,人问何故如此不舍?乃曰:"若缺氧,赖以呼吸。"某作家,参会必有书报,发言毕,则埋首自顾读之。

山房来客

烟霞客作客染云山房,归而作诗,余甚是欢喜,录原文与诸君共赏:

欢聚染云房,幻如水一方。

明知无月色,却入有情乡。

人就东西座,语操南北腔。

劝君频把盏,烧酒胜琼浆。

——庚子中秋，应染云山房主人周君中罡之邀，偕尘沐堂、归心斋诸学人高槐乡坐月，带醉而归，次日酒醒得句，烟霞客。

字号斋堂

一壶山人，又号茶居士、懒壶、散仙、青衣居士、烟霞客，别称西蜀布衣、龙池外史，七五高龄复号五髯翁，因其双鬓银发飘飘，故此。德阳丁大号五笔，刁平曰七笔，皆以姓名笔画所称。作家之号多为作品署名，少作口头称呼。流沙河本名余勋坦，蓝幽本名蓝绪经，笔名行世，众人多不知其本名也。吾作文稿，偶用九冈、北斗，唯兑付稿酬时，须得几番解释证明，甚是尴尬。

冯君学敏，居百米高楼之巅，初入住，窗外白云自在，得云端一卧之逍遥境，遂名书斋为卧云阁。忆及早年余之居所，书斋曰"摩云坊"，虽仅六楼之顶，亦豪气干云，然数年间，囊中空空，碌碌无获。妻窃笑曰："汝朝夕摸云，奈之何？"

王羲之未入蜀

煨柴炉,读蜀都一帖,想书圣未入蜀,当是毕生憾事。书圣与好友益州刺史周抚有约:"要欲及卿在彼,登汶领、峨眉而旋,实不朽之盛事。但言此,心以驰于彼矣。"急迫之心,度日如年。

文创大咖

袁枚造随园,自署联句"放鹤去寻三岛客,任人来看四时花"。偶读一文,谓袁子才乃"文化产业先锋":一为园林开放创收,引红楼旧址为由头;二为荟萃美食揽客,自撰《随园食单》研制新品;三为著书立说营利,以《随园诗话》,广纳博采,获取关注流量;四乃好为人作传记、墓志以增收。如此种种,亦颇合其

160

辞官下海"解好长卿色,亦营陶朱财"之自况。若此论之,著书、戏曲、美食,其同时代者,醒园之李调元亦为"文创先驱"是也。戏曲家、收藏家、出版家笠翁李渔,亦如是。

换衣服

"不远咖啡"开业,车辆列队而来。清晨,邻翁欲着睡衣出门,为老妪所阻,其不满而咕哝:"吾在村里,未上街市,何必换衣服?"老妪曰:"每日城里客来,云聚门口,不是街市?岂可邋遢,丢人现眼。"

闻　香

饭菜隔锅香,反之,不过尔尔。某年,钟晓开讲苏州园林,听众只觉园林风景历历在目。末了,人问熟悉若此,几番亲临?答曰,并未成行,查阅资料得知耳。呜呼,果真最撩人兴致者,莫过于得不到。

晕　车

王翁善犁耙,水牛负重疾走,翁若冲浪小子。某日随子女进城,晕车、狂吐。复乘地铁,紧抓吊环,东摇西摆,站立不稳。旁有两靓妞,戴耳麦,埋头刷手机,双脚成大字,纹丝不动,王翁观而瞠目结舌。

护院犬

山房开建,施工组搭工棚,欲聘一大爷驻守工地。房东老妪笑曰:"外人不敢入,犬凶猛。"后每收工时,工具凌乱一地,翌日清点,对比拍照,原样如初,始信然。工毕聚餐,工头持大碗肥肉,置犬舍犒劳之。

162

网购取样

表弟以原创服饰打版,网络售卖纸样为业,自制服饰,好此者众,收益可观。近日抱怨:"老顾客鬼精灵,不买纸样买成衣。"余问:"咦!成衣价格翻番,岂非为喝牛奶而养奶牛?"答曰:"NO,NO,网络选购,有七天无条件退货之铁律,其购成衣,照猫画虎,打版仿制,再原物奉还。"余闻之而叹,如此风气,智耶?奸耶?

山民脾气

农人之肚量,纯个性脾气使然,勿怪穷山恶水。二冬闲居终南,称一暴脾气村民,见自家果实遭路人采摘,怒而伐木,斩草除根;复见鸡跃灶台,捉之断脚。后见此无掌鸡觅食,若踩高跷,甚是滑稽。此一时之气,徒增笑料耳。余曾见乡间某农,与隔壁不和,则掘粪池泼其庭院。呜呼,臭人者亦自臭之,何苦?

完美主义

倔脾气者不仅仅是气,寻常日子之趣味,若得雅致,亦非执着不可致也。就业之初,与同事共餐共宿,轮流做饭。他喜青红混搭,万物乱炖,余好精耕细作,泡菜切丝加葱花拌红油,方摆盘上桌。更有苛刻者,二冬居终南山,以窗为画幅,左右端详,修剪凌乱松枝,七上八下,满意为止。开春,枝丫疯长,二冬复上下攀爬,刀砍斧斫。此等审美之洁癖,少见也。

光阴故事

沿河绿道,蜿蜒十里,夏日傍晚,镇上居民,列队疾行。有人随手所指,此乃吾老家;复有人再指,那

164

是我旧居。皆昔日乡亲,脱离土地,农人变市民也。余自离城入村,若归故里,喜于户外晚餐,荤素罗列,大杯啤酒,开怀畅饮,任其观望。闻路人言语,生"三十年河东,三十年河西"之慨叹。

院内停车

村中大道,沿途民居多以主楼出租营业,附房拾掇自住,收益陡增。区位偏后者,空房闲置,若阳光下之阴影区,面带愁容。周日车辆列队,突见道旁竖一纸板,上书:"院内停车。"此观念与行动之渐变,盘活资源,优势互补,方为内生动力也。甚好。

寒梅搬家

温君浚源,庭院有白梅,为客人言:"墙角数枝梅,凌寒独自开,王安石所指梅花,即是此物。"此梅原生青城山巅,初移至山肩,次年再度挪至山腰,海拔逐级下降,四度春秋,方到得院中,新环境里鲜活如初。呜呼,万物有其性也,顺之则昌。

卵石铺顶

浚源君书院之顶,满铺卵石,大者若头颅,小者胜拳头,凌乱错落、一派野气,气势非凡。茶室品茗,游目此境,俨然置身枯水期之河坝,念悠悠之天地,有滔滔江河气象。

书阁通天

浚源君之书院,为一城中别墅,楠木作柜,四壁皆书,古籍善本,莫可估量。中厅设藏经阁之局,顶天立地,以书为尊。下方为轨枕木书桌支架,若通天之梯,咦!寓意颇佳,甚喜。

住酒店

民宿风潮涌动,周末闲游者,多择其风景佳处,轮番留宿。初住山房,士同于床上蹦跳,大呼:"耶,天天住酒店咯。"久之,逢周末,即向母亲问询:"何时出去住酒店?"

电子阅读

入一写作群,纸媒副刊编辑任群主,聚铁杆作者三百有余,每日打卡互动,读报评点,俨然日课。初,晒当日报纸图片,先睹为快。稍顷,群主发高清电子版,其点击转发远胜印刷量。先前作者尚有样报存档,今日只需输入标题,海量数据自动跳出,快捷、高效、成本低。呜呼,纸媒式微矣。

打　娃

某日,微信群一黑白动图刷屏,配文曰:"娃因何体质弱、协调性差？皆因为此运动消亡,集速度、爆发力、变向、灵敏、协调于一体之综合肾上腺素爆表训练。"细究其图——呵呵,一母举木棒赶娃,民国时老照片也。乡民古训,"黄荆条子出好人",自有其道理。家慈言及余一族伯,乃宠娃狂,某日气急追赶,孩子恐极,撕心裂肺奔逃。街坊阻拦,父高举软塌塌一把稻草——作势而已。遂为族中经典笑料。护犊若此,无出其右。

记　忆

熟读成诵,有之。诗人李清照与其夫赵明诚,闲时以赌书为乐,随指某书言某页某行文字,其精准若扫描仪。中学时期,授化学之赖先生,踏铃声入课堂,反剪双手,信步登台,课本存储于大脑,张口即来,师生佩服之极。某日授课,微闭双眼,吩咐学生:"请翻书某页!"台下哄堂,叽叽喳喳。先生白脸微红,取书翻阅,自我解嘲曰:"勿慌、勿慌,版本改了,稍微错位而已。"

猫 妈

山房畜二猫,一健硕强壮,一瘦弱残疾。入秋,老猫再度产仔,主人跌足自责曰:"只顾带家养公猫去绝育,却忘记村里公猫何其多。"

游 泳

士同游泳,测试片刻,教练曰:"尚早,明年再来。"初不解,后一日,于地里掰玉米,见有个大者,剥开绿壳,颗粒鲜嫩,掐之浆汁四溅,食之,则口感不佳,长成尚需时日。人同此理,万物生长之规律,急也奈何,慢亦不妨。

求　学

长子士吉求学,初中离家,初至绵阳,再赴重庆,辗转数城,至海外留学归来,已然独立。遥想学业之督促陪伴,恍若白驹过隙,记忆茫茫空白。而今小儿士同入学,一字一句、一笔一画,皆苦苦敦促,其焦灼煎熬,若渡茫茫大洋,彼岸遥遥。

打　架

门口竹椅三张,日夜各具姿态,或面对面,或背靠背,若观起身离座者身影犹存。余指雨后堆叠者,

170

士同答曰:"打架。"果如躬身互搏,肌肉凸起,似闻骨架嘎嘎声。

鸭　子

壁上斑痕,形色各异,每过车库,士同指墙壁曰:"鸭儿戏水。"其斑驳陆离,似水中鸭,正埋头觅食也。

磨　合

新购电脑配件,充电烫极,疑非正品。核对型号,确认渠道,皆无误也。贾者笑曰:"无他,电脑旧矣,若老夫少妻,尚待磨合。"

阶　庐

雍城画人邓武,居隐峰田舍,曰"阶庐"。汶川震后,易邻人旧宅,修葺一新。喜以油彩写川西小景,画作盈室。闲时招引宾朋,品评作品,把酒临风,甚是快乐。

腐　败

阶庐有梨,硕果悬垂,隐约有酒气,趋近观之,腐烂者众,果酸发酵也。客怒批:"此乃明目张胆'腐败'。"

罗　石

人无癖不可交,癖好但生,沉迷难拔。邓武造园,路遇废弃石臼、石槽,必使蛮力而挪移回家,若领养一村遗孤,费心经年,绿苔映阶,苍翠可观。

干　饭

邓武,身魁伟,屠夫状貌,好画,好酒,好园林。席间,凡客所言,得同感,必起立高声附和,举满杯自饮。以荷叶粥待客,毕,复出干饭一钵,自言稀粥"太水",实不忍也。其诚若此。

机　关

　　阶庐门首,暗含机关——铸铁件二,呈人字形,中悬坠一铃铛,状若哑铃,造型奇特,或疑为风水局。主人白之:"防鼠,随取杂物就之,无他,盖取其光滑也。"呜呼,天下事,繁简由人,皆在观者自度矣。

狼　毫

　　城中庭院,蜜蜂居之,春秋三载,相安无事。久无人迹,落叶层叠,雀鸟嬉戏,野猫徘徊,花木恣意,藤蔓嚣张。前日书房闲坐,偶遇黄鼠狼,色似骆驼,形若松鼠,奔跃树间,穿梭草丛。观其形体,年齿尚幼,其从何来,家栖何处,甚异之。午间习书,把玩笔毛,乃念亲见狼毫之活体也。

下　乡

掏耳、擦鞋、贩果之营生者,频现村市,此即休闲业之风向标,皆因城中人下乡矣。

中　伤

染云民宿,客与主人,宾主无间,甚有口碑。暑期客满,多为携子度假者。某平台现匿名留言,称环境糟糕、卫生堪忧、定价不当云云。主人颇觉冤屈,急召中人现场探勘,以求澄清。适逢回头客至,宽慰主人曰:"勿与小人计,其赖皮之心机,昭然若揭。"

狗　友

　　冯君再光自绵竹入旌城，夫妻二人，畜一宠物犬。小区溜达，狗遇狗，无论品类，寻其体格适当，气味相投者，置主人及绳索不顾，皆趋趋奔迎，甩尾耸鼻，亲昵示好。主人借机搭讪，一来二往，狗友众多。后，相约聚餐、度假，多谈人事，不涉狗经。

赠　书

　　某君退休，笔耕不辍，印制研究地方之读物，凡熟悉老友，逐一签名，上门赠送。随身携一登记本，遇社团会议，翻阅名录，对照与会者，一一奉上。其心诚也，其情真也。

练 功

八旬老母,常念早年曾习某功,颇得益,遗憾尚学到皮毛,功法创始人赵某师便于六旬而逝,此功遂绝。无法传习,言之而生遗憾。余闻之而笑,自创长寿功法者,先人而去,其法可谓不攻自破,岂可迷信至此。

学 霸

士同见朝天椒,称其为"好好学习、天天向上"之典范,自幼拔尖,老而弥红。

"网红"

旌城小子李沛然,号有山先生,B站UP主,古汉语娴熟,或诵长赋,或作檄文,若穿越而来,聚百万粉丝。能豪饮,每吟诵,必先酒。少见奇才,蜀中骄傲。

仙　境

癸卯八月,彻夜秋雨,晨起生雾,琼楼玉宇,城乡朦胧,皆作仙游。又闻当日,川内高原初雪。

猫　妈

山房猫产二仔,一好动,一喜静。哺乳期,好动者满屋匍匐,喜静者襁褓嘤嘤,猫妈居中,左顾右盼,遂叼窝中小猫至厅堂,袒腹哺乳——此移动食堂,随时供应。猫者,无手,无工具,然其抚育之术,不输人也。

猫　眼

有小猫,一目圆睁,一目紧闭,观其表情,疑为猫头鹰。人曰:"吸食母乳,火重所致。"健鹰兄写染云大猫,吃饱喝足,懒卧庭前,旁若无人,慵闲之状,羡煞格子间之打工人。

传　薪

李里,国学红人,渝州人氏,少立宏志,潜心研习,教学相长。举传薪书院,随学者众。逾十载,数度搬迁。初,于蓉城三圣花乡,后至幸福梅林,再至什邡之红豆村。今于什邡城中,有大宅院,闲置破旧,修葺一新。前后院落三重,大小门洞数十,逐一自撰联句,精工书刻,门庭增生气,草木闪灵光。尤可贵者,于后院设戏台、茶舍,供一流动剧团留驻,食宿一体,风雨无忧。每日公演,寒暑如常。此善举,亦缘分,薪火相传,燎原可期。

喻　工

　　喻昌波,人呼"喻工",汉州人氏,志学于营造,曾游走四方。有司惜才,延聘返乡,为乡村规划师,此虚衔耳,不图之。尤喜山野自然气,淡名利,却浮华。躬耕田亩,务实乡建,蛰居经年,硕果渐彰。扩道路,引客流,破败村舍,修葺一新,产业兴农,文旅花开。文创店、茶社、民宿,联袂迎客;静庐、沙田中间、幺店子、猪圈书屋、九大碗,品牌迭起。逢年节,坝坝宴,重见乡情;地摊节,邀宾朋,再现商趣。聚村中顽童,或阅读、或绘画、或捡拾垃圾而分类,俨然一孩子王,拳拳公益,其心可鉴,逍遥自在,散仙是也。又赁废弃之村中学堂,作木工坊。刀斧锯刨,一应齐全,重返手作时代,引领潮玩体验,大学骄子、髫龄孩童,呼啸而来。余见而询之意欲何为,笑而不答。

寻　宝

小儿士同,得一泥团,曰"藏宝箱",欲探寻其中藏匿之宝物,挥汗开凿,泥屑飞溅。外婆见而狐疑,大呼之:"假的,假的,汝上瓜当。"本就小儿戏,老小儿却当了真。

猫　爪

山房二小猫,迎风膨胀,方一月,可于沙发上蹿下跳,见纺织物,以利爪抓挠,染云新品登场,片刻间伤痕毕现,主人不堪其扰。猫粮充盈,利爪无用,剪除爪尖,遏制野性,力促卖乖。

灵　芝

书友谭桥,欲以闲置村学,辟一工作室。四维碧野,一溪细流,二层楼舍,四季山色,临近水库,闲时可作钓翁。院中樟木,亭亭如盖,其一根部,有灵芝横斜而出,排波涌浪,若寂寞山人。桥指灵芝而言:"杂木可除,此物宜留,观其色,尚少年,善待之。"

胖　揍

某地俗语中,有"胖揍"一词,颇觉有趣,闻知而若亲临现场,其胖者,含饱满、结实之意,不得虚张声势。遭遇此等胖揍,料想其结果,目中浮现若冬日着厚实棉袄之圆滚滚也。胖揍,便是周身打肿。

号　手

李本如,中年得闲,痴迷奏乐,萨克斯常年随身,街头、公园、河岸、桥端,随处可见。自言其于万米高空之客舱,忽而起念,即兴一曲,中外乘客,愕而鼓掌。此"高奏"也,真乃空前绝后。

识　角

小儿士同初识角度,锐角、钝角、直角,分辨不清。余携士同游山间,遂指道中物,一一对比,身旁枝丫形态各异,角度不一,真活教材是也。

飞　鸟

一画眉雏鸟,误入地下楼道,疲惫,不得出。余逮之,欲施以援手,鸟惊恐,其声哀哀,挣脱,复伏地扑腾。余遂于低处击掌,作势驱赶,其受惊而上跃,逐层至门口,一飞冲天。

诈　骗

家嫂遇诈,来电称所购衣服毁损,可数倍赔偿,需发银行卡号。一卡额度不足百元,复一卡余额太低,再一卡获准通过。逾半日,查询,承诺之赔款渺无踪影,卡内数千元被洗劫一空。嫂,环卫工人,披星戴月,扣除社保,月入仅千余元,此半年积蓄也。

陌生感

网络现城市航拍,惊艳朋友圈,皆言大美,如赏巨片。乃以无人机升空俯瞰,视角突变,心态有异,惯常之境,诸多思绪,陡然一变,美轮美奂,此距离也,若出走数日归家,亦倍增亲切。景如是,人与人,亦如是乎。

游 学

有好学者,南来北往,言必称高等学府,友必为学霸圈层。观其室,证书满壁,或研修,或体验,或游学,校门拍照,结业留念,北大清华,皆到此一游也。

同　频

二人对聊,多同频者,必有姿态协同之,而不觉也。此心理学称"沟通之常态"。每细察,果若此。或抱臂,或翘腿,摸脸皱眉,必有先后一致之动作,怪哉。

障泥锦

"银鞍白鼻骍,绿地障泥锦",李白诗句也。此障泥锦乃锦绣障泥,垂马腹两侧障蔽尘土。与而今之电瓶车,服饰夹袄作前挡,反手自袖笼入,握车把,遮挡风尘,何其相似也。初目睹而惊讶,颇觉滑稽,满街普及,至今无所替代。

种　桃

槐乡山间多野桃,花开如火,桃熟无人顾,任鸟雀啄之。念及古人种桃轶事:"石曼卿通判海州,以山岭高峻,人路不通,了无花卉点缀映照,使人以泥裹桃核为弹,抛掷于山岭之上。一二岁间花发满山,烂如锦绣。"东坡作诗歌赞之,有句曰:"芙蓉仙人旧游处,苍藤翠壁初无路。戏将桃核裹黄泥,石间散掷如风雨。坐令空山出锦绣,倚天照海花无数……"想来此人着实有趣,弹弓种桃观花,颇类今之无人机播种耳。

访　陶

汉州陶艺王,居川西田园民宅群,大道车流隆隆,院内别有洞天。陶俑、佛像,泥塑、木雕,或金刚怒目,或菩萨跌坐,形制各异,累累盈室。先生幼而事陶,好美术,无缘院校,潜心民艺。寺庙道观,佛像神仙,业精于勤,惟妙惟肖。善修复,能创新,拿捏自如,而能独享其乐。院内一枣,根须穿数丈开外,破土而出,新苗英姿勃发,适授新徒,号"小狮妹",众皆曰:"此苗如传承之映照,天意也。"

网　红

　　某空间设计达人,图谋乡村景致,租赁闲置院落,营业咖啡,造访者众,皆时髦美少女,为一打卡热点。有媒体点赞,谓之"乡村振兴带头人"。其连连推却,实言相告,带动乃外因,非内心所愿,不得无功受禄也。

瓶　插

三月茶舍,瓶插梅花,花落叶出,越明年,复花开灿然,瓶插亦生根耳。时逢村中拍摄纪录片,导演闻三月主人弃城市而村居,指瓶插曰:"此亦主人之写照也,居农舍而自适,本无根而鲜活,其乐陶陶也。"

乳　牛

某牧场,奶牛群,近成年,儿童皆指认为二月小牛,乃见栏外一铭牌所示,曰:"乳牛,方二月。"吾掩口而笑,此现实版之刻舟求剑也。牌,三年前所立,牛,不知度几番二月矣。以字而认牛龄,不顾牛之本体。呜呼哀哉,世间唯文件为纲领者夥矣,若此者,不鲜见。

高槐奇人

刘小松者,高槐村民,憨厚木讷,老实本分。
初一辍学,打工出门,四处漂泊,一无所成。
回乡务农,婚后艰困,老少汗颜,远近闻名。
痛定思痛,立誓勤耕,咬牙顿足,埋头脱贫。
耗时经年,洋楼三层,上善若水,自命其名。
夫妻双手,不假他人,亲力亲为,一砖一钉。
建造装修,无图无证,照猫画虎,半熟半生。
土木水电,全工全能,偷经学艺,不须师承。
搅拌机上,手作木瓶,惟妙惟肖,闻所未闻。
家具物什,得心应手,潜力爆发,鲁班再生。
房前菜绿,屋后鸡鸣,乡情待客,至真至诚。

蜗 牛

夏日村舍,满壁蜗牛、钉螺,星罗棋布,若二物之赛事。叩问农人:"何故如此?"曰:"雨水频繁,地气湿重所致。"微小如蜗牛、钉螺者,亦识适者生存之道。

"少女"

龙振宇入村舍,房前屋后逡巡,遇一柏木,有分叉,大喜。自言好集天然人形树根,已获一"孕妇"、一"少年",今得一"少女",为之增色。众人闻之,聚而观,果然双腿颀长,神似青春美少女也。

乌　龟

　　壬寅端午,自家宅院得一龟,妻大异之,问询左邻右舍,无池无龟。恐是路人放生,细察,亦无进出痕迹。莫非天降?阳光房果然有孔,地上碎玻璃带水迹。乃顶楼二十米高空坠落,竟安然无恙。龟者寿,诚然。小儿上楼,持龟还主人。

抓　蚊

　　余苦蚊虫猖獗,购一捕蚊器,宣称周遭百米,可高枕无忧,遂苦盼神器显灵。放置月余,仅小撮"入网积极分子"。出门洗衣,凡裸露处,包块盈身,奇痒难耐。夫人窃笑:"呜呼,汝再纳智商税乎?"

消　夏

蜀地炎夏,热似蒸屉。时有橙色预警,夜闻隐隐雷声,暴雨屡屡爽约,偶来数滴,只若天人撒豆。昼长夜短,晚霞若幻,广场观影,泳池欢腾,街头巷尾,冷饮降温,坦腹消夏,此亦酷暑之乐事。

蝉　声

初入伏,偶上蓥华山岭,闻蝉声如潮,此起彼伏,宛然合奏。间有锐声回荡,若金属拨片之颤音。沟壑静谧,天籁回响,岂是鸟雀可为,唯假其口舌也。时一壶山人在焉,答曰:"此为蝉也。"

蜗　迹

　　人留名,雁有声,蜗牛最为磊落,凡行处,曲曲一线,百日后仍可见银光闪耀,唯恐人不知其"到此一游"也。观其爬痕,若印刷术之"烫银"。忽生一念:倘若以字符制磨具,内置蜗牛,使其如行迷宫,或篆或草,事毕,则赫然一银书,岂不快哉?

平　农

　　曾平,罗纹江畔人,嗜书,号平农,性恬淡,罗汉头,枯瘦似苦行僧。僻居陋巷,逍遥自在。家宅白壁,兴来涂鸦,自天而地,墨色或浓或淡,字迹或大或小,其文亦庄亦谐。墨迹密布,几无一空处。其书或拙似枯木,憨若孩童;或疾如游龙,变幻莫测。喜以网络时文书之,曾惹非议。

马　蜂

家养蜜蜂,某日于蜂箱列阵,有二马蜂,似空中战机,伺机进攻,凡近之,群蜂翅膀如海浪起伏,煞是好看。上网查询,知马蜂为敌,乃助力驱之。

太白馆

诗坛最负盛名者,太白也。拜谒纪念馆,较之子美草堂,甚为寒酸。聘讲解,纰漏连连,指范曾作品,曰:"此翁去岁仙逝,遗产尽数捐赠。"复指梁上彩绘曰"非遗绝活",细究,非也,多处边角卷曲,分明喷绘覆之。先是,宣称当地特产砚台石,埋伏笔。诸厅堂匆匆一览,引入产品区。砚台、书籍粗劣,疑此馆为私人承揽。日前闻有司拟作地产开发,有诗人作文怒批,未知后续。

"平艺"近人

万物可书，破笔墨纸砚陈规，则恣意汪洋焉。壬寅秋分，染云美院推美育实践，邀书家曾平君携手文创。平君妙笔生花，左右开弓，亦庄亦谐，以蜡液柿漆为墨，布艺纸张，不一而足。开幕日，书狂草，白练悬垂，巨瀑凌空，引来客叹为观止。

鼠

室有洞隙，频遭鼠患，雇匠人补缀之。欲补必先破，遂开凿，连日洞开，恐成鼠乐园，竟安然无恙。借诸葛空城之计，欲擒故纵，大开城门，鼠疑有诈，故远避。

榕　树

获赠一乌木,苍苔盈身,日晒雨淋,苔藓枯萎,侧壁出一树苗;苗壮挺拔,生生不息,若苏醒而来,不知其几千年也。余视为祥瑞之兆,馈者笑曰:"鸟所为,食树籽,飞来种也。"

牵牛花

二牵牛花,墙壁缝隙,潜行入户,无叶,唯细长根茎,若探路者,尖头微小嫩芽,叹服其强入之姿态。初入住,某年取落水管牵牛藤,粗壮若蛇缠绕,不见天光,二通体雪白,俨然仰躺之蛇。

牵牛抢地盘,钻缝隙,悄然若探棍,直直抵进,若细蛇,若电线,尖头嫩芽,细长裸体,无根须、无叶片,此先遣之探路者,久之,必群涌而入。某客人电告:"汝牵牛花,用四分钟安家,用四年清除,屡除不绝,见缝插针,蔓延攀爬,顽强侵略,苦不堪言。"

乡 音

城居三十载,唯有乡音难改,凡出口,皆可识别。初以为土气,苦心矫正,后释然。此文化基因也,何苦割舍耶?

狗

石砌时代农耕园,收留一小狗,凡贵客至,数米开外,匍匐而来,跪舔鞋尖,摇晃尾巴,为见面礼,颇得客人喜爱。

198

饲 鸟

门左庭院,草木葱茏,落叶铺地,鸟雀日夕欢跳。家有陈米,倾之阳台,期冀群聚啄之。坦之竟日,奔跃自若,无一临幸。蚁群闻讯,三两结队,逶迤而来,米堆高企,不啻泰山、王屋。

试 睡

烈日炎炎,家私商场,自是清凉境界。床品区,体验者众,软绵舒适,甫一接触,竟昏昏然,闻周遭鼾声四起,俨然催眠现场。

拍　门

聘入户保洁，一周一小扫，一月一大扫。小扫者一人，大扫者三四人。每及门，闻砰砰声，悚然一惊。妻微言嘱之，无须狠拍，可轻叩之，稍事间歇，待主人开启可也。然数日后，复如初。妻甚惊异，此团队也，此事非一年，亦非一户，依然如故，改之何难也。

陀　螺

抽陀螺，鞭打愈急，立之愈稳，若入定。邻妪诉苦，家有大龄未嫁女，催逼无果，深感无奈。此乃入单身之中庸境界，若鞭打陀螺是也。

猫

士同饲猫,抛掷小鱼,猫惊恐而远避。外婆目睹,急急制止,曰:"猫饲熟食久矣。"鱼,猫之大欲,然畏惧活物如此,鼠患无穷,岂能捕之?

烟花炮

魏平君自浏阳回川,携烟花以赠,其一巨型者,谓之烟花加特林,乃集合单只吐珠炮,作重力武器状。燃之,有宣泄情绪之快感,遂爆红于神州南北。

求　神

染云有猫,名唤七月,老母故去,孑然孤留。性野,抓布团,伤衣裙;上餐桌,碎碗碟,频遭呵斥。忽一日,夜不归,家人忧之,疑为路人所掳。家婆于灶台置清水一碗,碗口横铁剪,喃喃而语曰:"灶神爷,灶神婆,我家猫,恶人捉,求诸汝,发神功,用剪刀,断绳索,救我猫,快回窝。"诵毕叩头。隔一日,猫恹恹而回,毛发凌乱,颈脖有勒痕。奇哉,众人喜甚。后,每就餐,七月虎踞于菜碟之侧,家婆夹菜,人一块,猫一块,与之同食。

石　钵

乡居革命,茅屋瓦舍皆成烟云,代之以砖楼洋房。先前耕作之农具,或火焚,或锈蚀,消失殆尽。

人畜供养之器物，石磨、石缸、石臼、石槽，随处遗弃。有精雕细琢者，经年乃成，足见其精湛，粗陋之牲畜钵头，唇吻抵触，口舌舔舐，光滑可鉴。今赖以机器，不复有此技耳。为好事者所见，大肆收储，搬运入城。城中侍花鸟者，爱其自然古拙之趣，廉价易之，蓄以水，种莲养鱼，别添风雅。天下万物，此消彼长，身价因其功用而冷热，用之而青眼，闲之而唾弃。岂知此间物，经人间烟火，历岁月沧桑，不复再生，善用而藏，是为长存之道。

动物缘

染云之猫、狗、鹅，其萌样、憨态、凶相、狎昵，百种情状，俱入镜头，流布网络，咸得同频者万般欢喜。有客携子专程访鹅，日暮借宿，天明作别，复相约来日。经济普查，报员工数，主人曰十五，统计员狐疑，主人一一指草坪奔跃者——皆生产力也，焉可不计？

奇　石

水无常形,赖他者乃成;山多恒势,以自身而状。天地之间,山高水长,案头一木一石,俱带山水气息,其纹也,蜿蜒回环,莫不是水漾漾乎其间;其形也,山之皴皱,沟壑层叠,缩万丈于寸拳,此所谓"芥子纳须弥"是也。喜于河谷觅石,或纹路间玄机暗藏,如读天书;或造型得鬼斧神工,出人意表。或取或弃,凡一石与人遇,皆缘也。

大　医

某医者,善面疮,谓全城之首席。凡病求医,祈痊愈也。然医药之于疾病,杯水车薪也。其常言:"有时去治愈,经常去帮助,总是去安慰。"此从业之真谛也。偶然痊愈,幸哉;对症下药,缓解症状,常也。然最苦者,莫过长久治疗,数度复发,与顽疾终身相伴,唯求共存。

莫言书法

莫言好书,惯使左笔,曾办个展。日前出三长歌,自书长卷,笔画劲健,章法跌宕,文人书法,亦不俗也。左书代有高人,多为右臂病,不得已之举。莫言左书,恐在表演性也。若论作家书法,贾平凹收益颇丰,远胜其图书版税,且每有新著,必自题书名。其余者,欧阳江河、雷平阳诸人,笔墨精到,胜多数职业书家。

书　展

德阳政协书画院,连年推八人联展,余忝列癸卯之序。精心备展,晨昏临池,凡三月。批量作品,篆隶行楷,形式纷呈。较之单件参展,日有所获,诚可见焉。又,同步展陈,佳构林立,对比悬殊,知不足而进取,故展览名之"砥砺前行",果不谬也,幸哉。

禽　鸟

山房擒一鸟,曰四喜,亚成鸟,黑灰色,雄性。初出窝,自觅食。置笼养之,饲以虫,奉以水,别墅独居,无空腹之忧。越两日,上下扑腾,无一刻安宁。笼中有断羽,实不忍也。适六一节,群儿聚集嬉戏,遂开笼放飞,做集体之善举也。鸟振翅入林间。

山　窑

舒銮兵,好古,以藏书为乐,执餐饮之业。闻某村一废弃砖窑,欲毁窑售砖,急往观,以砖价购之。

其窑也,拱形回廊,洞洞相连,人居其中,冬暖夏凉,此构筑,不可复制也。遂缴付地租,令勿动,静待时日,必得大放异彩。又闻郫县豆瓣弃老酱缸,悉数揽回,堆列逾千瓮,惜不及半数,余皆散落,或毁之坏之,不胜遗憾。乞来日晒酱,复兴传统味道,旧物不可重生也,倍加珍惜之。

藏　书

　　舒氏耄耋爱书,藏廿万册之巨,欲建民宿,一屋一类,若武侠,若科幻,若艺术,若文史;此天下之无有,凡同好者,分门居之,以偿好书之愿。有二巨型书柜,橙黄樟木,门挂铁锁,主人谓之医柜也,凡虫蛀、霉坏之书,储于柜,取其樟脑气息,驱虫也。

餐厅书架

舒氏村中营古树鱼庄,每一餐桌必附一书架,客人候菜,可随手取阅。餐饮配书刊,咖啡馆居多,精神与物质食粮两不误也。然多为摆设,客皆捧手机,沉溺网络社交,面对面亦复如此。

车　恐

村居久也,入城穿马路,汽车呼啸来去,若食人之钢铁虎豹,犹恐避之不及。呜呼,闻某校园汽车食人,其母悲而坠楼,疑遭网暴,此连环祸也。

文 创

素以文创业者自居,弄潮儿也。过东街,某门头赫然见文创字样,初,哑然失笑。细一思量,彼亦同行也。汝言创意,他称预测;汝推创新,他守传统,汝谈全过程营销,他说一条龙服务。奈何?

彩虹映空

雨后乍晴,天幕幻景,彩虹双出,人称祥瑞之兆。乃谓省城都会正举"全球大运",有赞曰:"健儿竞技汗津津,锣鼓对阵交相鸣。彩虹欲助人间兴,几日光景格外新。"

蜀葵栅栏

山房临河,辟一绿道,游人接踵,猫狗嬉戏,喧哗声不绝于耳,不堪其扰,拟设围栏以阻隔。春种蜀葵,端午怒放,节节攀升,方十日,高已过人矣。其色艳,夺人眼目,或粉或红,单瓣,不及芙蓉肥厚,花墙列阵,引蜂蝶乱舞。四月初开,至六月末,花谢实出,类芝麻果。

围栏兴废

家有花园,初极敞,路人每过之,青眼以观,园中景致,随口点评。主人洗衣闲坐,读书品茗,皆大白于人,隐私无所避也。遂以细竹作墙,闻人语而息其影,一方天地独居,若隐山林,有幽深之气。久之,因若井蛙,栏外人间景象,目无所窥,心烦意乱。复倩人拆屏障而为绿植,种桃、李、柚、石榴诸果,并竹、梅、桂数本,高低错落,夏得浓荫蔽日,冬沐暖阳盈身。枝叶间隙,疏离适度,小园内外,隐约可见,此方觉围栏之妙也。

竹根盘龙

蜀人邓氏九龙,善鉴赏,好收藏,于蓉城营听云山房,书画文玩甚夥。某日登其门,案上一竹根,若盘龙,颇生动,其色褐,生包浆,老物件也,把玩久之。心仪不已,归而写图,博一笑也。九龙曰:"爱否?取走可也。"以为戏言,不敢强夺,九龙竟索地址而速递之。出口一诺,必兑现也,其慷慨君子风若此。坡老曰:"江山风月,本无常主。"时光流转,世间万物,总归爱家呵护;人与物之聚散,尽在一"缘"字也。

鬼市寻书

蓉城送仙桥,设古旧书肆,逢周日,凌晨秉烛开市,故俗云"鬼市"也。书刊字画,文玩杂件,凌乱纷呈。收荒匠作废纸价计,书贾取品相略佳者,稍事挑拣,亦不顾门类,铺陈地摊,充数而已。其间,多方志、族谱、杂志。偶有线装者,残破黏连,几不可阅。淘宝者,背书包,持手电,逡巡其间;凡荷担者来,尚未开摊,蜂拥以迎,口袋倾倒,略一扒拉,咸四散而他顾。摊主闲聊,皆言颓势,或家眷病痛,或他人灾祸,星空微光,冷摊萧瑟,其情悲也,全无沉醉之乐。寻一《芥子园画传》,权作到此一游。

卷四　琐记

城乡巨变，人心不古。目之所及，眼见即为现实；日常亲历，过往亦成历史。记述档案，皆为镜像，闲言碎语，无关宏旨，一孔之见，大道藏焉。他年回顾，以助谈资，彼此参阅，未若不可。

鱼乐图

自神农氏出，耕作兴焉，观天象、循节令，垦荒地、种粟黍。教之桑麻，以为布帛，裁衣饰，采蓼蓝，始有色也，秦汉以降，方为滥觞，蓝染薪火，绵远以传。

染云主人，痴迷植染，赴江浙，游云贵，转益多师，经年而返。退居村舍，专司其事。初，尊传统，守经典，得夹缬、灰缬、蜡染、扎染之妙。后，破常规，染为戏，以棉麻皮纸，斗胆试新，不拘一格；手工孤品，天然无二。时有惊人之举，亦得意外收获。蓝之阔也，若天若海，似天马行空，了无挂碍；若游鱼潜海，俯仰得趣。

作《鱼乐图》，馈赠友人。鱼者，余也，连年有余之谓。越千里，至广大，补之白壁，悠游自在。目睹而思之："世事无常，入太虚幻境，莫叹宏图化泡影；人生苦短，盼梦想实现，但求小愿连成真。"

分享山居

夫人尝言:"吾爱山居,享受其清新自然,民宿对外开放,乃与人分享山居之体验。客人至,做服务,客人走,我享受。大门随天气与心情开合,此城中所不能也。"

山　居

庚子多悲情,辛丑当欢歌。新岁在望,欣然回顾,家居琐事,喋喋如昨。隆冬雾霾,油车限行,内子新购特斯拉,电动能源,畅行无阻,不亦快哉?

枷 担

赁居高槐,绘一枷担,悬之墙壁,对客而言:"枷担者,耕牛负重之物,人亦若此,皆有无形之枷担,此劳役之谓也。"复颠倒画面而示之:"君不见,放下枷担,岂非秋千是也。秋千,闲之谓也。"同行者钟君正林大为激赏,即嘱诗家海文君依此作诗,登于报刊。画,易也,理,明也,然践行之,难矣!

拍 卖

浏览微拍,见民国手札一叠,顺手添价,隔日得拍中消息。百元每页之低价,竟无人跟拍,疑为印刷之赝品。货到检验,研磨之墨色鲜亮,欣喜捡漏,不亦快哉。

读　书

　　人至中年，倍觉光阴易逝。午夜梦回，晨曦微露，天光欲晓，心忧岁月追人老。翻身查看，方才凌晨二时，尚可舒心一眠。不忍睡，则读书，此刻时光，任我支配，恍然富翁，不亦快哉。

食　蟹

　　内子喜食蟹，余走街串巷，对比十余商号，觅得性价比超高者，蟹黄饱满，可满口大嚼。遂隔三岔五，以大闸蟹犒劳之。好物必分享，每遇宴饮，亦乐颠颠携螃蟹数只，添一菜品，引为乐事，不亦快哉。

捕　鼠

染云山房鼠患,猫不履职,邀行家出招,辨痕迹、毛发、粪便而知品种、大小、数量。以器具、药物诸手段,诱杀、驱逐,逾半月而清净,不亦快哉。

钞　票

微信支付,现钞绝迹。冬日清理衣物,搜出钞票一叠,意外欣喜,若得浮财。不亦快哉。

夜　色

乡居一年,惯看夜色朦胧清寂;偶然回城,群楼霓虹灯闪烁,宛如天街,若刘姥姥进大观园,满眼新奇。不亦快哉。

重　阳

生日遇重阳,与老人同乐。兄长于家乡设重阳敬老百叟宴,历三届。余今岁上十,早闻乡亲探听生日消息,恐偏了重阳主题,遂躲避。兄长传现场视频,远程观看,不亦快哉。

酿　酒

村中租地,雇人育水稻、种高粱,耗资数万,秋日所获,产值不足八千,成本高市值四倍。遂悉数酿酒储之,细思量,来日每启坛,思粒粒皆昂贵,必小口啜饮,倍感珍惜。酒量锐减,康健有加,不亦快哉。

旧 书

怂恿一友人张罗阅读馆,代求市图书馆助力,免费供书。勉力支撑一年,书屋闭店,清理图书,遗失甚夥。中人担责,照单索赔。所幸多抓鱼、中图网上皆为折扣书,自掏腰包,一一购回,低于原价数千元。不亦快哉。

鹅

染云二鹅,喜与人嬉,随食随拉,庭院狼藉。客来踮脚,如涉雷区,主人皱眉,苦不堪言。怒捉其颈,空抛入水。鹅先埋头游弋,复仰首嘎嘎,似自我解嘲也。鹅无记性,未几,复上岸逍遥如初。村舍多蛇,冷血动物,人皆畏之。有客怨鹅粪,老母对曰:"鹅粪驱蛇,蓄意为之。"客闻言,忧转喜也,悄然耳语他人,如窥秘闻。嗣后,人鹅和谐。不亦快哉。

拆　旧

染云山房新店开张,二层小楼,房屋老旧,欲凿壁联通,恐不堪一击。雇力士尝试为之,凡所指点处,土崩瓦解,门户洞开,乃中途他人填充也。"爆改"变复原,与初时建筑师同频,不亦快哉。

野　瓜

染云新店旁有小树林,野生金瓜数枚,高悬树腰,枯藤零落,灿烂夺目。余寻枯枝撩拨,抛掷石块击打,拼尽力气,终不可得。遂一转念:取之,仅一餐果腹而已;留之,则是百日风景。束手归家,不亦快哉。

迁　坟

房前三坟丘,甚是碍眼。种牵牛数株,夏日疯长,千朵万朵,深秋盛放,一派花间集,惹路人驻足拍照。未几,坟地迁移,现一草坪,不亦快哉。

共　享

乡间小院,房屋闲置,公诸于网络,出租共享。租客接踵而至,朋友圈晒美照,引连锁效应,不亦快哉。

图　文

汉字肇始,多为图之象形,借以传情达意。电脑输入之法,如涉图像词汇,图片同步弹跳而出,若短信往来,文图并用,则妙趣横生,如闻其声,如见欢颜,情感寄托,胜刻板文字几许。某前辈,每日微信转消息无数,凡评论,必以表情包、图片符号并文字相间杂,七旬老翁,不输少年。

魔　方

万物有规律,魔方之趣,未得门径,视为畏途,但得窍门,乐此不疲。小儿士同有魔方,余尝试把玩,想当年,长子士吉十岁,亦可六面复原。妻以万元博之,许诺一日熟稔,可归囊中。思重赏,作勇夫,遂网络搜寻良法,苦学,未果。三日不弃,寻得魔方小站视频,照猫画虎,逐步跟进,取得真经,初级入门矣。

利　害

山房安门，木匠持电动锯，嗡嗡巨响，望而生畏。嘱咐其小心对付。匠人闻之返身，举掌示意，掌腹至肘，一疤痕状若蚯蚓，触目惊心。其自述初用电动工具，某日大意，触之而伤。复嬉笑自若曰："利害利害，有利必有害；用其利，避其害也。"

山　房

染云山房，多有客人呼之山庄。山房、山庄何异？庄者，若庄户或庄主，有山野气与阔绰气；山房者，自带一番闲逸与清气。若青云、乌云之别，差别大矣。

分　寸

挪移案头瓶插、拉伸桌布四角,染云主人店内巡查,店员大姐互递眼色而窃笑,觉出店老板之滑稽做作。主人曰:"看似细微无差别,格调自在分寸间,此得细心琢磨。比如汝等服务之言语声调、步子大小,皆有得体之宜,万事皆须把握尺度。内在修养须假于时日,用心体会,自有觉悟,非一堂美育速成课可以修得。然亦须日进一寸,久久为功,方不觉已千里。"

围　栏

临河绿道,游人接踵,山房草坪则若公共绿地,敞阔有余,私密不足。主人欲设栅栏,邀来专家问询,答复曰:"如此甚好,大开方便之门,利己利他,何苦多事也。"

切　菜

少时下厨,赖母亲所授刀法,专心于此,可细若发丝。凡入厨,萝卜白菜,家常食材,必花样翻新、精工细作。或薄片,或细丝,或长条,或方粒,佐以红油辣椒,点缀葱花,陈之细瓷白盘。色香味形,四位一体,粗茶淡饭间,生出一种精致,此生活之趣味也。

创　新

凡生活之不便,欲改良之,则创意生焉。余常言:须变"将就"为"讲究"是也。此亦人之习惯秉性,设若万事将就,则一生囫囵,若事事讲究,则诸物良善,不亦快哉。年岁见长,复转讲究为将就,则如见山又是山也。

荒　园

久居村舍,城中宅院久未清理,藤蔓参差,枯叶满地。一蜂巢,三载居此,院中花开花落,蜂群自给自足。前日归家,一黑白花猫,伫立与吾对视,目光怯怯,尚少年,闻风而遁。与妻言,可置饭菜,畜养之,以捕鼠。妻曰:"无人居则无食粮,鼠亦不顾也。"

读　书

欲作书屋,两壁书架,一满一空,满者为古今中外,广为罗列,若朋友圈通信名录,存在即可,未必熟

228

稔。空者,逐日剧增,则一册一页,入眼入心,可谓灵魂伴侣。久之,则有一壁故友相伴,岂不快哉?

夜 读

睡前阅读,初于案头端坐;未几,转至卧室沙发;稍顷,上床斜倚;久之,复平躺,或双臂高举、或左倾侧卧、或右覆斜视。每转换一姿势,便是被梦境拖拽一分,直至疲倦合眼,跌入梦乡。

洗 地

庭院铺石,践踏者众,脏污久之,无岁月之包浆焕彩,只呈一番破败邋遢气。洗之、磨之,诸多法子无效。获一高压水枪,水雾激射,陈垢飞落,复如初也。染云姐姐惊呼,至柔而克刚也,水之力,大甚。

纪　念

余于槐乡赁地,水田下种日,惊闻杂交水稻之父袁隆平离世。心下祈愿,待收获之时,以稻谷做文创品,粒粒皆是纪念。

废　料

山房完工,整洁迎宾,残砖碎瓦,清除一空。去岁洪水肆虐,空调遭殃,亡羊补牢,欲升高底座。忽见碎木丛夹杂角铁,悉数清理选出,以电锯切割,以电焊拼接,火花飞溅,若闻欢呼,为生命之重生也。五座支架,凑合一新。慨叹一声:"天下无废物,只因未遇时,一物有一物之功用,此不妄也。"

虫　书

研习书艺者,以碑、帖为范本,凡甲骨、钟鼎、碑刻皆含金石气象;册页、卷轴、手札及诸帖本,见笔墨韵味。另有一书迹,非人为而人不可为之,乃木、叶之虫纹,朱君赢椿沉于虫书日久,刊行专著,流布海外。此笔迹,笔笔皆是勃勃生命气息,如读天书,妙不可言。

龙　媒

或欲作文,或图形设计,瞑目遐思无果,遂翻阅经典文本,借此触发灵思,目睹而窍门大开。握一纸笔,数本翻来,或文或图,稿件堆叠。古人云:"天马,龙之媒。"此法即为龙媒是也。

柴　火

村中族人外迁,祠堂废弃,有梁柱被刀劈斧斫,做烧鸡之柴火。路遇,观其形圆润光滑,闻之有柏木幽香,圆若脸盆,厚如石凳,历百年风雨不朽,若化作烈焰灰烬,委实可惜,遂讨要数段,摩挲珍爱,或可作他用。

蜡　字

尝试蜡水作字,复以蓝染反白,笔触浓淡肌理,平添异趣。蜡温有高低,布纹有疏密,染料分深浅,则效果千变万化,笔触生冰裂纹,其韵味胜墨迹几许。改日邀同好者,办一主题展,亦是快事。

陈　皮

素来喜红茶,前日得谭桥分享陈皮,作茶伴侣。十五年岁月熏陶,沉香浓郁,汤色若红酒,其橙味,胜青柑。有老茶客听闻而惊呼,陈皮为药,只宜少许,万不可大块泡之。

斑　痕

墙壁斑痕,地上污渍,或如人形或似动物,神态逼真,妙笔难描,亦得天趣。胜过丹青圣手,以手机拍摄,配短文一则,颇觉有趣,积少成多,辑为专著,不亦快哉?亦如白石老人言:"妙在似与不似之间,太似为媚俗,不似为欺世。"

"柒云"

　　面目混淆,岂止人脸,汉字笔画,些微差异,口误多也。山房每闻来客言"柒云",必朗声正之。然,如此称呼者有增无减,莫可奈何。人名亦如此,数十年来,见面呼"正罡"者,不鲜见。旁人提醒,余笑言:"此曾用名也。"

字倒了

　　某日,一女甫进门厅,即大呼:"汝门外字坏矣!"余急急出门勘察,幸字无恙。回头笑问:"敢问姐姐职业为何?"彼答曰:"缝纫工。"难怪眼光如此,见惯横平竖直。此书法字,确乎东倒西歪也。

招　租

"无线上网,有房出租",路遇民宅,招租短语俨然一联。此处之无,非"虚无",乃无障碍之"有"也,表递进之意。为标的物加码,此人用心,甚觉有趣。

阔　绰

八旬岳母望往来美女装束,直是摇头皱眉。穿衣跟风,年前流行紧身衣,而今又流行宽松,阔裤中若藏竹竿。夫人粲然一笑。宽袍大袖,显身姿苗条,口袋阔绰,故不吝布料——流行若云,绝无陈规。

补 漏

山房屋顶有隙,遇雨渗漏,或点、或线、或面。屋漏之忧烦若牙痛,非大毛病,难容忍耳。聘专业大王出手,研究再四,出良策,费金银若干,未几,此起彼伏,若打游击之奇兵。无可奈何,几欲推翻重来。兄长巧思,半路出家水电维修,于网络研习技术,接单。成为水电保障,轻声言,我来看看。查看结构,厘清脉络,分析原因,思索方案。而后,以德高防水材料,一小桶,淋而补之,立解。此为其补漏之处女作,特记之。

线绘猫咪

山房畜二猫咪,客人喜爱有加。主人飞针走线,绣作猫咪图,甚有趣味。

染　纸

染云染布亦染纸,凡出品之包装,附赠一卡片,原创手作,平添情谊。

牙　刷

牙刷之有电动助力者,入得口腔,似千军万马,每一丝皆奋力搏斗。习惯日久,某日,电量不足,无奈而勉力为之,则齐刷刷若软扫帚,毫无生气可言。突有所悟,每日临帖作字,求一笔一画有生气,即或东坡居士与黄庭坚之互谑,言"树挂长蛇""石压蛤蟆",皆生物之态也。

冻　花

路遇梅盆,繁花满身,艳阳高照,妖娆十分,抱入园中,喜不自胜。原野乡村,寒风无情,薄膜笼罩,遮风避寒,于事无补,悉数干枯。每日关照,恍若冬眠,勋章披挂,荣光依然,祈愿春来,早日复原。

欠度春节

年关近,处处忙张灯。客曰:"汝等可爱,敢吐真言。"目及某标志物,有巨型字曰:"欠度春节。"余大笑,本"欢"字也,尚待完工。佳节欠度,犹待来年。

潮　病

笔误口误,皆添笑谈。偶闻客对语,聊记之,以供一笑。

甲:"汝闻极度痴迷某事物者,谓之病否?"乙:"此自古亦然。"甲:"高槐小村,缘何聚人？缘何貌美？皆因'德阳潮病'之传习,可谓超前。"手指某处大字。乙回首而笑:"非也,此'德阳潮扇','非遗'新潮,无关汝之时尚潮病,书法字误读也。"

青牛镇纸

牛年,不喜牛之奋蹄状,劳碌命也。故手作一泅水之牛,脱却负担之悠闲也。托一铭陶艺烧制,置案头为镇纸,自用而自珍。每目睹,勤耕砚田,日课不辍,愿有所获。

竹叶舟

河流蓄水,竹叶随水漂浮,竟首尾相连,方向一致,若游鱼,若行舟,观之别具韵致。

拜年微信

朋友圈里闻年味,皆群发,昔年未觉,竟一一回复。然,其客套若年夜鞭炮,少你一声无妨也。今亦懒散,人读闲书,手机亦得大假。

手机写作

手机者,初仅可通话,后能发短信,仅数十字。有记者前线采访,以短信发回报道,断断续续,若发电报。今日则可传长篇文件，随意挥洒。潘鸣君以手机代笔著文，年以十万计。

座　钟

收拾库房，寻得求学时之座钟，发条拧满，滴答如故，若大梦初醒，一觉三十年，依然分秒不差。是夜入眠，恍若时光倒流，又起少年之紧迫心。

充电宝

村中店家，共享充电宝一月更换数品牌，你争我夺，好戏连台：店家分成、店主免费，若干利好。世间生意，皆为需求而来。初面市，余大笑一回，料定其必为短命鬼也。然，事实力证，其健在而健壮，乃至本人亦为"充电宝依赖症"重度患者。

赛　车

乡镇逢年节,街头似车展,品牌多样,属地各异,皆为外出谋生者,千里自驾,荣归故里。团年时,亦是宝马香车竞秀之时也。

敬　神

年关坟头祭祖,天地银行之冥币花样百出,数额巨大。亦有阳间时尚品,车、楼、衣物之外,电子产品纷繁复杂。某人遇商贾之兜售术,称手机之外须搭配充电器。此人出门而复返,求老板电话号,老板疑惑求解,此人答曰:"若故障,那方亦知联系于汝。"老板惊恐而汗颜。

旧红包

春节红包,封面附生肖图文,某曰:"汝以去岁旧物持赠,太抠门。"答曰:"汝等企盼,今年二十,明年十八,旧红包,贺新年,岂非岁月倒流,如愿以偿矣。"某人闻言,噗嗤一笑。

信　封

微信普及,纸质信封,滞销有年。遇某主,批量购之,遂曰:"今日尚能笔墨书信,可嘉也!"店家曰:"老买主,财务科装现钞,你懂。"年终出场,信封为红包之另一件马甲也。

梅　花

客剥开心果,满地若花瓣零落,染云姐姐不忍弃,重叠贴贴,巧手化作白梅一枝,目睹而暗香盈室。

分　红

蜀人冬日遇暖阳,倾巢而出,少长咸集,于草坪间袒胸露背,堪比海滩日光浴。染云姐姐举头而喃喃自语:"太阳公公胜过出资股东百倍之力,年终分红,当记此头功。"

壁 炉

冬去春来,气温日高,大姐指室内壁炉,皱眉而叹:"不烤火了,炉子收起,免得看到身上发热。"噫!果真有兔死狗烹之势利也。

密码锁

染云山房设密码锁,客人晚归,可自行开启。有客担忧:"密码每日更换,迷住自家该如何了得?"主人掩口而笑:"以不变应万变,所谓密者,代号而已,倘若能以语音作暗语,必录入'芝麻开门,芝麻开门'!"

作家书画

闻茶客闲聊,某作协创书画院事。棋琴书画乃文人本色,今专其一事,多不可两全矣。观主事者书,未入堂奥。作家书画,汪曾祺者流,老派文人,书画为家常便饭。在世者,贾平凹之书画,坊间高价,自称以书画养文也。

学艺有源

白石学诗,乃上宗唐之李商隐、宋之陆放翁。学艺,必有所宗,方得源流,若接力赛之火炬手,贵在师门传承,则源远流长,忝列其中,以短短百年,汇入滔滔之历史江河,何其幸哉!

场　景

读古人书,须入古人之境,尤其典故、人名,皆点到为止,则能会心绝倒。不明其意,则若丝绳导电,不知所云,乃至错漏曲解。

酒研墨

但将老酒研陈墨,且试新笔写早春。前日以茶膏为墨,甚好。今日立春,以酒研墨,写春联贺岁。

茶膏作墨

获赠茶膏,遇水则浓,丝滑爽口,茗门佳品也。

茶渍可染布,亦可作字否? 色泽深褐,试之甚佳,得一新法,茶膏为墨,甚喜,未知古人有谁作此。

埋芋头

地中芋头长成,姨姊悉数刨出,清理汇聚,复新掏一土坑,继以埋之。答曰:"埋地中,随吃随取,新鲜。"此犹地窖也,然未知其与生土中有何差异。观其劳作,若数囊中钞票,蘸唾沫点数,三番五次,确认无误,复存入罐子。

灯 笼

小年至,村中门户,灯笼高挂,彩灯密布,房前屋后,树木草丛,高低错落,如坠星汉,闪烁迷离,其喜洋洋矣。张灯结彩,年俗旧例,历久弥新也。

灯　会

村庄有景,游人如织。本欲春节做灯会,火树银花,舒缓郁积,祛除邪气,祈盼丰年。然因须谨慎防疫,未敢聚众欢集。

彩　虹

弥境咖啡,有自制彩虹,以三菱镜布置窗户间,凡晴日,阳光投射,满室生辉,若彩虹当空,如梦如幻。

网红店

村中鸡毛店,旧时竹林边,往来熟面孔,赚得良心钱。眼下拼"颜值",皆奔"网红点",有失初衷也。视觉"颜值"博眼球,待繁华落尽,商家沦为卖笑者流,时风之病态。

拒　单

夜半,染云主人伴孩童入眠,闻电话订单,朦胧回曰:"客满。"遂订拒单规矩,非预订不接,酒客、烟鬼不接,客大欺店者不接,如此等等。民宿有温度,更需有距离,方能与准客人同频。甚赞。

老　鼠

鼠随人居,无论高楼深院,老宅新居,亦不可免。探看村中坍塌之土坯房,则燕巢、鼠洞,皆为陈迹,一派死寂,了无生气。

日　子

腊八,大寒,急救日。一日,多重意义,各自纪念,若古人之字号,随心所欲。围观网络,该日,腊八粥最为强势也。

大寒不寒

至大寒,当为最冷日。然,自兹起,晨起无霜冻,白日多艳阳,怪哉!曾戏言展览会之怪现状"开幕即是闭幕",莫非,大寒亦是寒之尽耶?

晒印泥

印泥板结,于冬阳下翻晒,油渍透出,若大汗淋漓。

猪拉黑屎

少年习字,冬日墨水冻结,置玻璃瓶于沸腾之猪食锅中，欲化之。少顷，闻爆裂声，一锅尽墨。不忍弃，仍喂猪。猪食之无异常，唯三天尽拉黑尿。

上　学

闹钟催醒，晨起入学，水管冰冻断流，睡意朦胧间，热巾覆面，匆匆洗漱出门。户外雾重霜浓，星月隐约，村舍静默，如在仙境。车窗覆冰，刮削擦拭，热吹良久，方可行驶如常。入德中路，则车流如蚁阵，至校门，天光大亮。此为冬日陪士同入学，一刻时辰之写照。

劈　柴

河岸零落漂流木，大姐捞取上岸，用于柴炉取暖。去外套，挥热汗，先以刀锯断之，复以斧头劈之，费一日之工,柴禾山积,堆放备用。余归而见之,窃笑:"汝多此一举,用功过头矣!"恐其不解,告知曰:"柴禾细,生火易,此为炊事用材,求熊熊之力。壁炉,门敞阔,以树木截段,整块引火,封闭之,取温度,燃烧以慢为好,故,过头不妥。"闻其一声"哦豁",笑而自嘲。

不　解

遇晴日,岳母洗涤衣物,当庭晾晒,赤橙黄绿,若举万国旗,一派烟火气息。妻见之,悄然收取,以机器烘烤,岳母满脸狐疑。又一日,起风欲雨,大姐撑一广告布覆盖房檐下柴火,方妥帖,妻见而止之,姐亦大惑不解。山房居家功能仅为其一,身为公共空间,视觉效果、美学魅力,均具重要地位,个中缘由,费尽口舌,与之莫辩。

撞　笨

八旬岳母,讷讷寡言,离乡入城,勤苦有加,独揽家务。某日,扬州有蟹来,晚归,见餐桌上仅一碟油炸蟹脚,问及蟹身,岳母言腹中有黄蛋,不可食,已丢弃。余闻之愕然,未敢相告好友。又某日,游秦陵,购一仿真兵马俑,置案头作陈设。归家,岳母嗔怪曰:"泥沙甚多,已清洗干净。"则见兵马俑乌黑若褪毛鸡,哭笑不得。其余诸如洗涤成人衣物变婴儿版,已为寻常纰漏也,不胜枚举。夫人欲喋喋,老母必咄咄。呜呼! 生活有料,一笑了之。

石　缸

岁月更替,时代轮回,家什走马灯,则有旧门板、老水缸,为农家所弃者,复流入都市,或茶舍或书斋,古拙有天趣,非机械所能媲美。凡雕花精制者,必大户人家之遗留。曾闻言,乡间手艺人何能如此,曰混饭吃,闻之一惊。谓之精雕细琢,必费日月,此亦豪门方可承受。水缸边沿,多闻磨刀霍霍,其凹凸之间,酸甜苦辣,暴露无遗。

循　环

叶落归根,稻草还田,废旧杂什,以火烧之成灰,上入下出者,无不于土中循环,万物复归于尘土,此乃天然农耕之道。机械作业,集约耕种,循环之态,不复有之。

估　值

夫人每购物回,余瞥之,即张口报价,亦相差无几。或为第六感,或为二人处之久矣,意念相通乎。

江　湖

网络如汪洋,传言亦江湖,染云山房登场,坊间曰:民宿云字辈,又添新成员。数度遇民宿大咖,悄然探访,非踢馆,乃同行切磋,传经送宝也。幸会浮云牧场、过云山居掌门,相谈甚欢,诚可慰也。主人揽镜自扪,飘飘然若驾祥云。

分　号

有客登门,诚邀染云设分号,云房屋设施硬件齐备,只待挂牌耳。初,蠢蠢心动,勘测环境,设想模式,跃跃欲试。后,幡然而悟,择僻地居,闲而退也,岂可陷之碌碌。

口 岸

门前草坪,客来,设帐篷,架烧烤,若出笼之鸟,悠游自在。孩童奔跃,打滚撒欢,老妪摆 pose,秀丝巾,其乐融融也。有村媪嗅出商机,置以玩具,独家经营,平衡供需,自成市也。

柴 炉

客来,瞥见熊熊柴炉,曰:"此炉火甚逼真!"趋近,忽大呼:"高温,乃真火也。"遂坐于旁不起。同行人曰:"午餐为何?隔壁烤全羊?柴火鸡?"皆辞之不受。独促主人示以红薯、土豆、大饼。就炉火煨熟,大嚼之,双手扪腹,直呼痛快,重返童年是也。

井　水

童年取水,井台遥远,视为人生第一苦差。羡慕某乡邻屋后有井,长竹对剖,导引泉水上灶头,常年水缸满溢,流泄不足惜也。入住染云山房,掘地百米,有水甘甜可口。后,时闻村中爆管断流,忆及旧邻之泉,唯此刻,若泉涌之幸福,终可同频也。

面条机

诸葛孔明作木牛流马,人皆有求机械而省力哉。幼年闻某人家有精巧面条机,以灶台临沸水作鲜面,其大户之殷实,此为毕生烙印。近闻某面馆,机器人端面,欲一睹风采,未及登门,面馆已不复存也。

赶　场

寿丰集日,农贸市场,摩肩接踵,人头攒动,一派兴旺之相。待近前,无一不头白脸皱,男女皆逾花甲之龄,乡镇市集,俨然老人国也。

补　砖

通燃气,门前破路,嗣后修复,零碎工程,有劳村中老者可也。铺路所用花岗石,有光麻二面,正反有别。交代清楚,那端手拍胸脯,豪迈应允。晚归,已工完场清,二叟正吞云吐雾,喜形于色。查验现场,面板错也,欲求返工。一叟色变:"如此甚好,何苦刁难?"双脚左右踩踏,以示平整。闻之哭笑不得,念及乡亲高龄,尴尬作罢。

赊　账

寿丰场镇,蔬菜水果、日用百货、建材工具一应俱全,村庄补给站也。初,作陌生客,仅询价付款而已,无多言。某日上街,妻嘱咐,水果张姐处取,面条刘嬢处拿,晚夕微信结算。取货,询诸货主:"可赊账乎?"皆曰:"放心得很,汝,染布那家。"

梦想搁浅

陪友人村中闲逛,见多处良田好土杂草丛生,间或围以高墙,亦有挂横幅求转让者,不知为何。答曰:"乡村热土,弄潮者前仆后继,有眼热而力不足,梦想搁浅,囤之,有待时日也。"

黄白之物

空出而满归,山民惯例,或柴火或野菜,生活之补给。余之村居亦然,丑石怪木、奇花异草,天然馈赠,有缘得之。某日,拾一石,敷以金粉,置之案头。客见而惊:"土豪,偌大一金锭,镇纸?"余笑对曰:"石也,点之成金,求笔下生财,自励之耳。"昔管宁、华歆锄菜得金,管视之若瓦砾,华捉而掷之。呜呼,二君子作秀如此,资财无罪,爱之何妨。

宝 器

高槐演剧目,有笑星王宝器。"宝器"者,川方言,有憨愣、滑稽、愚蠢之意。宋太祖赵匡胤灭后蜀,见孟昶宝装溺器,捶而碎之,骂曰:"汝以七宝饰此,当以何器贮食？所为如是,不亡何待!"呵呵! 赵宋以武力胜之,尚作道德打压,呸人家一声败家子。未知此是否呼"宝器"之始也。

陶 片

村中筑路,毁墓,得一二陶器残片,不知原物为何,作色碟,亦佳。某年,遇墓地开掘,拾一砖块,中部微凹,欲作砚台,奈何吃墨厉害,入之渗漏,无奈作罢。

忠 粉

自染云山房亮相,妻以染云姐姐之名,作染艺生活实录,或图片,或视频,发微信,传抖音,爱之者众。有西安某女,欲拜师,作势启程,遭遇疫情反复,几番作罢。每一动念,则频寄水果,人未至而心已往矣!可知念之甚切。

姓　名

村中陈氏大姓,繁衍生息此地久矣,有祖坟宗祠存焉,长幼皆能依辈分呼之。今人有姓名,无字号,单名者,不含辈分,独生子,更无伯仲叔季也。

梦　境

梦境多反复,必心有映射。吾有数梦即如此。一为飞行梦,下蹲收腹,平伸双臂,则双足立地,滑翔空中,此梦亦人多有闻之,不知为何。二为捡钱梦,路旁水沟,泥土地上,接连有纸币,多系零钞,母亲谓此乃上辈之子孙烧纸祭奠是也。三为考学梦,复又

264

入学堂,甚欣喜。此乃中学辍学之阴影,现实不可重来,梦中欲弥补。四有作品专辑发某大刊,五有宽阔屋宇待入收拾。以上诸梦,轮番有之,想是贪念不绝也。

一　年

三月茶室左邻新装亮相,赫然名曰"九月"。主人笑言:"村中太悠闲,两家满一年。"

地盘优势

入住染云山房,周末遇幼儿园同学,士同携手奔对岸土坡,比赛攀爬,泥地打滚,以此为能,往往得胜归来。同学满头大汗,一身泥污,父母愕然。

动能势能

士同上学,入得校门,缓若蜗牛,艰难挪移,如行泥潭,门外娘亲恨不能使内力,百米外推之一掌。放学归家,车门甫开,动如脱兔,眨眼无影。吾笑称:"此若斜坡推铁球,上则动能减少,势能增加,松不得手,返则势能减少,动能增加,顺之而下,万物同理也。"

订　座

村中一缘小屋,客摇一折扇,周遭观望,或颔首,或摇头。忽立定,呼啦一声收扇,左右指点:"此处宜加一凉亭,那边应添一长廊,依某常年住农家避暑之体验,必来客大增。"主人微笑不语。忽见主人之新鲜瓜菜,欲讨要之,主人称为预订者采摘,尚不足斤两。客复指树下餐桌,言中午请客,此处为佳。主人再度微笑致歉,今日满场,改日预订可也。来客摸摸鼻头,快快离场。

小院命名

初住高槐,周末闲居小院,写字、品茗、种菜、赏花,名曰"等闲居"。不忍独占,推出共享,置办床品数套,钥匙于好友间传递,因改名"新农门客栈"。后,来客剧增,有人怂恿对外开放,村中首家咖啡馆亮相,名曰"不远"。凡客来,必电话呼叫朋友,那端问询:"远否?"这厢答曰:"不远,不远!"

摩崖佛龛

对岸修筑护坡,有混凝土块,错落堆砌,中有孔,以过滤布堵塞,山房门前遥望,俨然一壁佛龛也。

邻居房屋

初入住,山房对面民居,屋顶蓝色钢棚,甚觉刺目,每对望,心生别扭。妻言,岸边洋槐,待春夏枝叶繁茂,必遮挡之。心下稍安,春日,暗中为洋槐鼓劲。果然,夏日房屋隐约其间。越一年,冬又至,枝叶零落,然已熟视无睹,盖习惯成自然也。

素 材

微信日志,若泡菜坛,凡耳闻目睹,有所触动者,随手采撷,储存备忘。若到用时,掀开盖子,随取随用,甚好。

地　震

午夜梦回,觉床晃荡,耳闻叮咚声,地震乎? 疑为幻觉,复查阅微信,已是慌乱一片,官媒称,泸县有震六级,辛丑年八月初十日四时。

壁　画

壁上屋漏痕,褐色,如山水图,峰峦重叠,水汽氤氲,深浅有致,甚美。天工生成,非人为可媲美。乃强留之,每观之而神游,俨然东湖山之摹写。

新　竹

笋子高过竹子,有此一说。依此类推,则竹林年年高矣,缘何未见丝毫增焉? 答曰:"新笋不知风雨疾,春来露头与山齐。岁月自是笑藏刀,杀得低头又弯腰。"

错　用

朋友圈有人发错易读之汉字六十个,余逐一比对,大半知晓其意,而音调差矣。又有人发易误用词语若干,则余误用多矣,如"落英"可指新花初放,余竟此时方知。

记　忆

案头常备字典,遇陌生字,则翻阅,熟记,欣慰今日又识得数字。晨起,见昨日所识诸字,皆不可复读,不禁汗颜。

重　阳

　　岁岁重阳,年年敬老。知青聚首,颂青春,叹流年。再光作赋,余书之,赠"知青部落"创办者,刘守义先生存之。

瓜　果

　　步行村道,路遇农妇售果,余晖之下,一车橙黄。品尝之,酸甜交杂,余味悠长。农妇自言果为八旬老父所种,恳请购买些许。不忍拒,购一满袋。归而置案头清供,橙色明媚,果香盈室。

农　舍

　　村舍空置,鼠雀不居,此亦荒村常景。桂花毗邻高槐,二村一水相通。溯溪而上,劈山开道,垦田架桥,疏沟渠,栽花草,设驿站,引客流。墙绘美图,路铺柏油,乡村公园,呼之欲出。

特　产

　　友人客新疆,归赠二物,一刃具,英吉沙村手作,宜裁纸,宜藏之;一巨馕,堪比面盆,绵软可口,暗藏葡萄,饱满回甘,留待独吞,饱食终日。

车 灯

一老年车,突突载客,顶上滚字幕,非自家广告,乃城市之宣传语。目睹而心生敬意,未知其日载客几何,拳拳爱城之心,亦功德一桩。

坝坝舞

时近立冬,小区泳池排水闲置,小区老妪聚而舞之,靓丽夺目,姿态各异,若一池天鹅。

简 介

前日阅微信,群友论作者自夸怪象,头衔虚设,自鸣得意。投稿,附刊发清单,倍于正文若干。有评曰:"此简介,似悼词。"呜呼,笑之,悲之。

钻石山

故乡有山,鸟瞰心形,坠绿宝石,形态毕肖,此苍天示爱,大地有情。然劳作嬉戏者,无一识破。今借航拍之天眼,方大白天下,有缘得见,不亦有福。浪漫山景,辟作求婚地,助力振兴乡村,可乎?

银　椅

染云有椅,浑然银亮,貌似铸造,千吨重也,惹来客欲探究,触之即倒,乃空心竹椅耳。世间万物,眼见亦虚者,何其多矣。

天 梯

染云美院,新设阅读馆,以书籍造境,做通天状,目睹者,秒懂。

蓝 云

水,无色无味,随物赋形,变也。云,虚无缥缈,聚散无常,亦变也。染云美院,蓝云飞临,天梯对接,若悬浮之太空舱,望之,欲攀缘其上。

等 候

晨起入学,爹娘匆匆疾走,小儿踉跄尾随,作态欲哭,嗔怪未等候之。遂戏之曰:"爹名时间,娘称流水,试问时间等人乎？流水停留乎?"言毕,口作咔嚓、叮咚之声,奔走不顾。小儿闻之,破涕为笑,脚下发力,快步如风。

六　一

欧阳修号六一居士,其藏书一万卷,集录金石遗文一千卷,一琴,一棋,一壶酒,一老翁是也。醉翁顽皮,却未知近千年后之六一,乃儿童之节。儿童有节,老翁老妪借此返老还童,戴红巾,扎小辫,涂嘴唇,抹腮红,着童装,唱童谣,不亦乐乎。此为节日一景,遍及城乡。

天　敌

荒田数亩,新农人某甲赁之种稻,邻人乙劝阻之:生态保护,弃耕多年,鸟雀凶猛,白费力气。某甲不顾,初以斗笠布衣之稻草人,迎风招摇,鸟雀歇息其上,玩耍逗弄。数日后,邻人乙暮归,未近田地,即闻猛兽呼号、鸦雀哀鸣,其音洪亮惨烈。邻人方疑某甲名为种稻,实乃盗猎也。急电告有司,上门督查。未见猎物,某甲笑指一匣曰:"此电猫也,藏匿四周,手机遥控,模拟鸟虫蛇鼠之天敌搏杀声音,变幻莫测。"细看稻粱,长势喜人。

客　居

初闻河道中牛蛙低沉叫声,两岸回荡,似有水波荡漾,大有做了主人之气势。新农人者,客居乡村,若似牛蛙、福寿螺、小龙虾者,皆是外来物种,久之,则无所谓新旧矣。

蜜　蜂

　　野蜂寄宿檐下逾三载,相安无事。忽见群起飞舞,数十上百,如临劲敌,嗡嗡告急,其状慌乱紧迫。大异之。细观测,异味浓烈,方觉出午间作西画数幅,油彩味也。蜜蜂逐花而居,嗅觉异常灵敏,此化学刺激,疑为外敌入侵,自当避之。待画幅移除,片刻间,复归平静。

发　型

　　群友相聚,三五发型,如出一辙,皆紧贴头皮,若春草初生。余高声言:"某为发型师作品,某为自家打理。"凡指点处,皆首肯。旁人质疑,余答曰:"电动手推,轻便器械,适宜家用。然,专业发廊,必以剃刀修饰边幅,则发际线分明。"众人环视,果然。

余　震

　　某夫妻夜卧，妻忽坐起，厉声咆哮厮打，其夫一脸蒙。妻曰："适才梦中，汝又赌博，发誓戒除，方半年，恶习复发。"夫大呼冤枉，对天赌咒。妻曰："但念无有，此梦权作余震罢。"

代　沟

　　海外学子归家，洗面弃毛巾而以代面巾纸，下厨弃抹布而代以厨房纸，夏日酣睡，开足空调，厚被加身。娘亲大摇其头，高呼不懂，此深深之代沟也。

古 人

幼年读诗,视一切过往为古,皆谓遥不可及也。小儿士同入学,晨昏吟诵,但知李杜在蜀乡,坡翁亦近邻。于是驱车,一一拜谒。时空浩渺,故地犹存,瞻仰亲近,可谓幸哉。

走 秀

昔日村落手作,复兴而为时尚。染,其一也。海外佳宾,邀约云集,观摩体验,即兴走秀,其喜洋洋也。

老　猫

　　花无缺,残疾猫,纯正折耳血统,喜蜷曲前肢,抱拳端立,惹来客回顾留恋。甲午岁入村,数次为母,有子曰花公子,壮硕可爱,成年失踪。居不远咖啡六年,迁染云山房二载,渐若残烛,耄耋终老,噩耗甫出,致哀者众。

野　营

　　近年,携妻挈子,郊野露宿,蔚然成风也。凡假日,遮风蔽日处,帐篷云集,若林间巨菇,人皆出入其间,或渔或猎,围炉欢唱,幕天席地,恍然时光逆流,勃兴返祖潮流。

绿　道

　　绿道者,环保低碳之谓,非视觉之绿也。乡村绿道,或夹岸并列,或盘山蜿蜒,若赭色飘带,绵延十里。昔日羊肠小径,求温饱而负重躬行,今之平坦绿道,为健身而赤足奔跑,皆汗湿衣衫也,然其苦乐判若霄壤。

卡　片

　　路遇兜售金融信贷者,拒之。其尾随苦劝,如蝇尾随,呈卡片,露乞态。余勉力配合,行数步,某奔突近身,耳语曰:"若弃之,可稍远也。"

高　端

某旧物商贩,专事二手流转,其商铺赫然大书
"高端访谈吕老板"。凡与人留言,皆自署名曰吕老
板。叩问缘由,高端访谈乃一媒体节目名,曾受邀录
制,以为荣焉。呜呼,旧物高端,老板高端,其达观若
此,不亦乐乎?

天　生

路遇美图,叹天工之美,初如栖息之飞鸟,黑头
白胸,尾翼灵动。再如蹲坐之猕猴,上肢抱膝,双腿
交叉,尽现顽皮。及近,狗屎一堆,杂质横陈,真相
不忍睹也。呜呼,世间多少事,可远观,而不可亵
玩焉。

录 取

学子高考,头等事也,全民呵护,如履薄冰。小儿士同问老爹:"高考,汝知否?"复自答曰:"命运抉择也。"言毕,置碗筷而顾玩具。余窥其碗中米粒其夥,遂作色大惊:"此米粒者,从秧苗而稻谷,历时百日,毕生之愿,唯进口腹。遗弃者,进洗碗槽,进下水道,进黑暗世界,空费百日光阴,化作污泥,此命运之悲剧也。若得逆转,唯尔可主宰之。"其会意,复捧碗,逐一清点,悉数"录取"。

猝 死

惊弓之鸟,闻空弦而坠;晕头狡兔,触枯树而死。宇宙大千,诡异奇趣,多矣。蚊虫猝死,未闻也。朱君赢椿,夜遇飞蚊高歌,乐而鼓掌应和。孰料蚊应声坠地,垂头铩羽,其状难堪。呜呼,蚊者,吸血魔族,招恨之极,夏夜扰民,众矢之的。惯闻恶言咒语,未获赞歌嘉赏。忽得喝彩,难以承受。悲乎,赞赏亦为毒药,后者来,闻之戒。

飞　蚊

　　鹬蚌相争者,渔翁得利;螳螂捕蝉乎,黄雀在后。却说随园之飞蚊坠地,鼓掌者,尚思善后,巡逻蚁,天降大任。蚂蚁,虫界之殡葬工,路遇伤残,必协力司责,实为口粮上门也,此生态之循环。高考戒严,举国噤声,静夜掌声若霹雳,震破蚊胆,喜煞黑蚁。此二物,恰似日前全网喧嚣之闹剧。飞蚊者,若空中宾利,声势虚张;黑蚁也,乃地上路虎,霸气豪横。奈何奈何,且作壁上观。

行为艺术

壬寅立夏,稻田插禾。振宇君作岸上观,忽得所悟,拽众人入水田,脱其鞋,褪其衣,赤足袒腹,顶置砖块,作膜拜状。或立,或蹲,或仰躺沉醉,致敬大地也。砖瓦者,出于土,浴于火,为墙,为楼,铁骨丹心。泥土者,包容大千,万般化育,能使砖块复归于泥土乎?

停 电

壬寅夏日,江河断流,水电熄火,居民楼间歇供电,酷热难耐,弃家而入酒店者,比比皆是。

灭　蚊

去岁秋后,得一捕蚊神器,周遭百米一网扫尽。盛夏,置之庭院,蚊虫绝迹,大赞。细察所获蚊虫,星星点点,数枚而已。夫人言:"天旱,蚊虫无力生育。"

流　萤

蓥华山水,形胜清幽,飞瀑流泉,避暑佳处。书家石桥,携弟子入山,闭关研习书艺。日临碑帖,问道古人;夜游峡谷,寻趣沟壑,星空流萤,亦真亦幻,实为酷暑之快事。

洪　水

蜀地酷暑,高温难耐,嬉戏流泉,童叟共乐,然,久旱易起灾,昨日都江堰地震,继而彭州山洪突袭,河道游人伤亡者达七人。晨起,闻旌湖景观桥,施工垮塌,一死一伤,悲乎。

惊　鼠

夜半惊梦,乃硕鼠入室,顶棚奔突,实可恨也。悄然起,开启顶灯,并浴霸风机,轰然有声,鼠大惊,奔逃间,毁损天花板。此前攻鼠,或下药,或饲猫,或放粘鼠板,或置捕鼠夹,收效甚微,今日一战,惊险有加,鼠亦灵性,必奔走相告。自此,遂安。

蜜　蜂

晨起，一蜜蜂误入厨房，慌乱奔突。遂开窗施救，返身见热锅冒青烟一缕，滋滋有声，视之，已一团焦枯。呜呼，命也，遂葬之花园，复抄经一段，消灾祈福。

群　聊

微信群，信息共享，村中诸事，互通有无。或停水电，提前公告；或做投诉，必有回响。然日常活跃者数人而已，其余大多沉默不语，或牢骚者，未闻其声，而知其性，类林鸟之庞杂。

竹　简

　　拆解躺椅，改为竹简，墨迹简书，古意盎然，作一摆件把玩。汉字简化，西风东渐，书报读物皆横排，古籍翻印亦然。人谓古人之读书，目光上下，则无不频频点头，奥义入心也。横排左右扫视，观之，皆若摇头否定，内心亦抵触是也。驳之者曰："不然。摇头，表质疑，乃存求真之精神，非全盘接纳之奴性。"此横竖有理也。

名　帖

　　名片，联络互通之凭证，书姓名职务，古人谓之拜帖。今以微信，则为电子名片，可图片，可文字，可视频。尤以日常记录，可窥其三观，足可辨识也，甚好。

石　门

　　石门颂,乃赞汉时犍为人杨孟文领队凿洞之功,同为川人,倍生自豪。石门者,隧道之始祖,今已没于水。筑路通车马,而利物资往来;蓄水丰物产,而脱干旱之苦,此二者,皆人造之工程,历时千年,世代不辍,功莫大焉。蜀中绵茂路,穿山越岭,大国工程,百里十年,龙门之难,类同石门。初通,驱车一游,隧洞连绵,冰瀑赫然,客流互动,风情迥异。冯君再光作赋,赞曰:"云上天路,蜀中仙乡,功延百世,福佑子孙。"

香　莲

　　花开次第,温差所致,设若贪恋某一花,则可自北向南追逐,饱览春色。蜀中二月,春寒料峭,西双版纳,香莲怒放。得王立馈赠,含苞若箭镞,隔日而开，满室幽香。但见白日盛放，入夜闭合，谁言花不眠，只未识香莲。

闲　居

老友造访，问询近况，答曰："读书，品茗，浇花，写字。"其大赞。随即感慨，人多逐梦而行，愈行愈远，忘其归途。继而，分享一宏伟商业计划，力邀入伙。及至茶叙接餐叙，日头偏西，欲再度换酒场，恍然回神，究其用心，莫非考验初心也，遂托词而退。

洗车业

城乡人居，多喜夹道筑楼，连排二三层，不顾飞轮滚滚，车笛声盈耳，尘土弥漫，而能安之若素。每过之，目睹沿街闭户，念其建筑之价值，慨叹其从大

292

流而少创见。近日,寿丰场镇,洗车铺为一新兴业态,或城际过境,或入村休闲,返程一洗,价倍减于城,何乐而不为? 有其一,则有其二,继而再三再四,渐成气候。

路　遇

奇石岭寻染叶,得冻绿,妻喜不自胜,言其生秦岭之北,缘何蜀地有之,疑识花君误判。适一老农驾摩托突突而至,招呼之,应声止,返身,指树曰:"此告子树也,与柿类可嫁接。"得知寻染色草木,其闻言面露喜色,某树为某色,某草为某色,捣碎揉搓,满掌如染,数日不褪,滔滔不绝,如数家珍。妻愈喜,加微信,托其采撷。竟驻车,指露营地小卖部,手机号赫然在焉。自言为此地之司事者,盛邀露营度假,皆免费。摩托载一褐色小犬,其曰,吾本兽医,专治犬病,凡疑难杂症,拍照可诊断开药。曾谋事于警犬驯养基地,历五载之久。买农特产可联络,启手机示之,此吾鱼塘也。但见水面微波粼粼，饲料凌空投撒所致。又言，吾能装监控，某某某，吾所为也。言毕散烟，取火点之，努嘴吐烟，栗色脸庞洋溢笑容，沟壑如波荡漾。

卜　居

时有问询，村中赁屋者，闲置多矣。城中有楼，乡间有院，此一时之风尚。年岁渐长，周遭退隐者日众；别仕途弃商旅，作寓公闲居也。盆地阴冷，故多于光照充盈处觅居，或云南或海南。日于网络晒美图，乐陶陶也，返，则呼朋唤友，欲把他乡作故乡。

敞　阳

邻居新迁，酷爱园艺。初，精心打理后院，晨昏独恋其中，俨然得山林气息。越一年，枯叶满地，盆栽零落，人迹罕至。问之，答曰："背阴处，太清寂。"呜呼！蚊虫趋光，人亦若是。临街敞阳处，车水马龙，喧嚣闹腾，偏偏茶肆、咖啡馆密布。坐茶者，观往来风景，亦为往来客而观，互为风景。

难　记

凡读书，伴以纸笔，每由此及彼，有感而发，兴奋记之，改日可蔓延开来，何愁无素材耶？回顾笔记，每一系列，题目若干，家有余粮，只待闲日，已然可成书也。又，儿时阅读，遇生字则越过，今复捧读，一字一义，少一字而谬千里也，故辅之字典，一文读来，字典开合数回。开则豁然通泰，隔日再观，复又茫然，此记忆之难也。

溯　溪

若亘古之时间,前得源头来活水,后方流逝渺无踪,唯中间之可见,可握也。每临河,则生观照现实心。溪流若毛细血管,发于山涧,游走田野,隐于沟渠,汇入江河。雨季而盈,枯水而息,曾于村道溯溪行,越半日,转三湾,水流无异,景致略同,未可穷也,恍入时间之迷阵。寻思某日,借无人机空中一览,如观水经图,岂不快哉?

隔　音

槐乡夜静,星河浩瀚,和风拂面,此山居宜人之境也。然,一砖厂,彻夜作业,机声隆隆,刺破夜幕,苦也,不堪其扰。天明问客,皆谓充耳不闻。午后,书斋静坐,窗外沸腾聒噪,然翻书一读,如入清凉世界,自然屏蔽噪音也。

汗　衫

伏案疾书,汗湿衣衫,沾染墨水,无意得画,笔墨生天趣,梅枝月影,浓淡枯湿,皴擦点染,人力有所不到,喜甚。

高　考

举国大考,六七八日,川人呼之录取吧,讨口彩,求其吉也。未知何时起,流行考生之母身着旗袍,列队助威,谓之"旗"开得胜,轰轰烈烈,阵势夸张,费心费力,俨然秀场。又,壬寅高考日,蓉城某校,门前踩气球,热烈亢奋,阻塞交通。执勤者急甚,高呼曰:

"'985'家长先让道。"众闻之而散,果如点名也。人生考场多矣,岂止学业一门,入其局者,惜乎未能勘破。

墨　斗

刘小松饲一猫仔,尖耳黑毛,体型瘦小,瞳孔晶亮。双手环抱,宠爱有加。前主取名曰"黑娃",小松嫌土气,呼猫曰"墨斗"。自言喜好木工,猫黑如墨,俯身则形似一墨斗也。余闻之绝倒。

木　瓶

器具,愈精致者,愈工业味;反之,天然中见拙趣,美在似与不似之间,则艺术生焉。村民刘氏小松,心灵手巧,木作质地细腻更胜瓷器,唯孤芳自赏。得高人指点,豁然开朗,望漫山枯木,如存宝库。

喷 嚏

一友久居村舍,往来农人间,言语惯于高声大气。某日回城,甫进楼院,响亮喷嚏,楼灯应声而亮,妻怪之鲁莽。答曰:"城市空气多杂质,村居久矣,归城,必喷嚏,此鼻为探测器也。"

萝卜花

案头一瓶插,半块白萝卜,菜板遗留,不忍弃也。初,叶绿如常,水中根须逐日剧增,未浴天光而苗壮。未几,郊外桃红柳绿,瓶中亦自我灿烂,一日一态,摇曳生姿,权以水培,不输沃土。春来花开,无论贵贱,餐厨余料,亦能添一抹春色。

店　家

　　妻每出游归，尝言邻邦之悠闲，凡街铺，天未黑而先谢客，日高起而门紧闭。遂指灯下围炉者，言顾客之快意，然也；叹营生之艰辛，亦然也。吾家门外二食店，一曰米粉，一号面馆，然盘中所售几无差别，其错时营业，甚觉有趣。早餐米粉，凌晨即起，人排长龙，至午后闭店。面馆下午开市，至夜深。此二者，错峰开店，互增营业绩效，咸无冲突也。又念及城中蟹店、羊肉店，皆时令物也，年不过三月，然大半闭门歇业，来年洒扫复业，若贪恋营收，则以他项而轮番作业。其宁闲置，此非悠然、淡然、坦然乎？妻无言。

青天灯

居家庖厨,烹蔬食羹膳,参习网络谱式,妻儿赞之,每光盘以对。念及唯美食不可辜负,愈增兴致,盘旋厨房胜书房。癸卯重阳,子士吉奉一灯,嵌之厨顶,举目,则洞见天光,蓝天一片,顿生辽阔,烟火气息化作诗意画境,噫嘻,一灯开世界,三餐容乾坤。

天　画

地之水迹、墙之漏痕、物之裂印,皆出无意,然则一目所见,万象心生。风动而生天籁,闻而悦之、惊之、共鸣之,此意外偶得之像,或目之而喜而悲,可谓天画乎,当宝之。

雅　集

水一方癸卯中秋雅集,取道红伏新村,遇纵横阡陌,导航迷途,一壶师曰:"沿水行,至人多处可也。"路转溪头,端然在望,不亦快哉。人将预感,心之觉察,不输天眼也。德阳之行,乃藏家九龙君早年结缘一壶师,荐大亮仕恩李纲投奔水一方,乐山夹江,数度穿梭,寒暑不辍。后昌盛、笑天、谭桥(别署石桥)诸位,相继雁行。学人日众,展事渐频,石桥辟尘沐堂,三人联袂,书画并举,曰"同人兴会"。至癸卯中秋,计满七回。复筹谋水一方双年之联展,学人涌浪,艺事精研,德阳再得提名七人。念及七也,颇觉趣味,石桥嘱余为装裱坊命名,曰"七分堂",得一壶师赞许。七者之数,一周为七,音符为七,而此德阳之七,不亦七贤乎?是夜,壶师携陈年黄酒,热水温之,香气馥郁,酸甜爽口,有醪糟味。新蟹佐陈酿,酥饼祭满月,众皆大杯

豪饮,继而朗月映空,清辉万里,催人雀跃,倾坛
一空,兴尽而归。

四友集

　　庚子三月,旌城报馆主事者举旗,借网络营社,
谓之玩主部落,文友日夕呼应,但闻其声不见其人,
遂筹集会曰"初见",登台献艺者众,以"三句半"最为
出彩。嗣后,四人频聚,推杯换盏,切磋诗文,本为拉
郎配,却胜亲兄弟。癸卯秋,《旌城四友》结集刊行,
以酒志贺,再续佳话。

弃　考

　　生涯半途,归宿在望,若山路折返,渐趋闲适平
和;所营诸业,如渡船在航,幸得新秀陆续撑篙,则有

余力而潜心研读,以补未入高校之夙愿。

平生三憾事,以为伴终身,莫可变矣:一为农业户口之身份,二为初中肄业之学历,三为乡音难改之口音。此三者,若额头标签,使余常作卑微态。

入城数年,置业迁居,拜时代所赐,户口变换,瞬间立就。然,清明祭祖,若浮萍漂移,故土无根,悔之晚矣。

口音者,偶有笑料,无碍交流。纯止乡音,唯对故人。长子旅美,幼子入学,均为英语、汉语混用,呜呼,乡音渐行渐远,乡愁愈来愈浓。

三者间,唯学历,不可因时、因地而进,职业生涯之赫赫业绩,亦有兴趣爱好使然之诸多培训,所学颇丰,无一涉学历也。

漫游网络,逢自考辅导,大专本科,免试入学,遂报汉语言文学,此乃毕生最爱,强根固本,一为写作之裨益,倘若考核通关,可谓一石二鸟,岂不快哉?

急急购置教材,悉数置于案头。初,教材伴视频跟读,循序渐进,押考题、勾重点,恍入鲜美果园,狼吞虎咽,兴味盎然。渐久,若陷泥潭,不可出焉。细思量,惊觉而汗颜。学以致用,若上楼弃梯,求学考证,岂非上楼而负梯狂奔。学,我所欲也,证,非吾所求也。

青春光阴,无缘场屋,远离功名,逍遥于市场,所幸得以爱好为生平事业,如愿得偿。今又舍本求末,劳心费力,一纸虚名,徒增笑柄耳。

果断弃考,留闲暇于兴趣,自得营养。

题　壁

春风才起又清明,老宅将倾愁离人。

谭家有子擅弄翰,欲书旧辞慰乡情。

祖屋横斜守荒村,香烟依稀客盈门。

小子壁上再题墨,他日新迁数旧痕。

老屋待拆,何以为别,念及幼时涂鸦,长而为书家之谭桥,复萌生题壁抒怀,遂邀师长学友,共赴故园,见证留念。

谭氏先祖雍正元年自赣入蜀,定居中江,至乾隆元年,置田产家业。此地山势环抱,分水为界,聚居无他姓,始名曰"谭家沟"。宗祠香火绵长,家族人丁兴旺,至今裔孙六百余。

辛丑清明日,谭氏宗亲族人、长幼团聚,长者叙家族源流诵清明祭文,后生秀家传狮舞燃香烛炮仗。半山新绿,一塘清明,老宅孤立无倚,左右残垣断壁,偶然目睹房梁雕花,竟有一着面具之舞者像,其态生动,言舞狮乃谭氏传家绝活,果不妄也。今遇村落规划,聚零散民居,为高楼社区。先前人畜喧腾之大院,已然遍地瓦砾,一派凄冷。

白发高堂游子梦,青山老屋故园心。天井幽润,白壁斑斓,挥毫泼墨,写祖考源序,念兴家之筚路蓝缕;书先祖遗训,誓报国之宜献边塞;老屋将倾,长歌当哭,只言片语,哭之笑之,或疾或徐,纵横捭阖。细观谭氏老屋,有板壁留字痕,粉笔墨迹、木炭黑灰,不一而足;或演算术,或填歌词,天真小儿随意为之,亦成岁月鲜活之档案。席间叙族中佳话,话子弟趣闻。族人分居四散,鸿雁纷飞入城,转而为商贾、为学人、为律师。祠堂祖宅,终是聚少离多,渐行渐远。此番题壁,聊以抒怀,微雨春风,落花飘零。"残垣沐春一径深,孤祠寂寥香火冷。白头说古三百年,小子舞狮有传人。"谭氏先祖文武功勋,神龛有联曰:"父子双进士;兄弟两将军。"院外立谭氏家规石碑,字迹风化模糊,据传其文本经县衙审批,方可勒石。他日若设家族文物展馆,子孙当宝之。

卷五 闻见

繁花迷眼,世如戏目。戏在枝头,鸣禽声启即开场,羽翅忽振亦落幕;戏在席间,推杯换盏,迎送之间,或高腔,或低语,百态生焉;戏在风中,家长里短,鸡零狗碎,耳食者乐之。戏在路途,无需排演,即是现场。村居十载,以观戏人,作如是观。只言片语,权做来日创作之素材也。

闻再光说辞赋

癸卯三月,种树良辰。春光似水,和风撩人。山披锦绣,田敷彩韵。香车列阵,弦歌盈门。斯地也,振兴出典范,城乡布远名。

徜徉诗境,优游槐乡。马鞍东麓,古树鱼庄。欣闻冯君论联赋,玩主呼应,少长一堂。同频者聚,不畏路途迢迢;异乡客来,皆是名号当当。

玩主首赋,冯氏再光,辞林快手,酒乡贤郎,雅号兰亭茶客,阴呼麻坛烟枪。年过花甲,锐气不输少年;精干短小,豪情直逼云岗。好古,二十载心无旁骛;揽奖,顷刻间物归私囊。

诗词联赋者,中文之灵光。然则体裁分流,白话滥觞。避难就简,断代凄惶。更兼学童小儿,畏如虎,敬而远,即或课本选段,经典汪洋。强记能成颂,捉笔则彷徨。何况阡陌庙堂,众口一词,文言雅韵,日渐寒凉,强弩之末,唯闻余响。故其式微久矣,寄望有识者旗鼓更张。

是日,讲堂向阳映红日,楼台近水接春光。黑板小,学子忙,笔走龙蛇,录音摄像,烟头火熄,杯中茶凉,瞑目颔首,击节鼓掌。授渔人,幕后故事藏甘苦,抖包袱,推心置腹献真纲。问道者,刨根探底裂砂锅,鱼得水,开窍凿洞破迷惘。

诗酒燃情,斗柄指航。薪火点点,江淮泱泱,梅兰松菊,满庭竞芳。人非天才,敢向冰山,百尺竿头方小红;心有高标,笃定幽途,半路弘道亦再光。

店　名

行走街市,见有超市名曰"麦德乐"。未远,又见一店名曰"惠好地"。与妻言,此二店名,本欲取吉祥喜庆意,以川方言读来却多悲情,未知其经营状况何如。

嗜　赌

某叟喜睹月盈亏而测日历,瞅孕妇腹而预产期,观身形而猜体重,以此多与人赌,大抵无差。某日,叟指一腹大如鼓,似将临盆者,报以下月某日,当面求证。岂料,女怒目怼之,乃产后哺乳期,尚待恢复也。某叟大窘。

杀　人

街头卖字,糊口而已。欲通艺术,恰似以木导电,皆是虚妄。然有较真者,生口角,惹性命之忧。前日闻旌城一卖字地摊,观者言语多贬损其书,遂起争执,书者怒而拔刀捅之。此举全国风闻,书艺圈内多相互借题揶揄。

楼　动

晨起,传深圳赛格大厦自行晃动,内外人群,惊恐四散。有司曰:"无地震,未施工,起因不明,尚待调查。"巨楼如活物,实属怪异。

攀　比

乡邻攀比,凡新建房者,必欲阔于对门三分,则心下自胜一筹。甲之新楼拔地起,乙之小院连夜倾,拟另谋新建也。村庄休闲旅游兴焉,甲有屋作柴火鸡,一派烟火,几分繁忙。待沿途车辆堵塞,车流蔓延而入,乙于路口悬一纸板,"停车十元",箭头直指院内空地。日落,车流退潮,甲于门前脱围裙擦汗,乙于庭院蘸口水数钱,二人对望,相视一笑。

彩　虹

雨后彩虹,吉兆也。染云山房以七彩丝线排列若虹,院中一景,平添诗意,客人流连其间,彩虹则列于客人美图上,遨游网络,岂不美哉?

误　解

夏夜蚊虫之声若轰炸机,来势汹汹,常误为进攻之冲锋号。飞蚊之嗡嗡,非鸣叫,乃翅膀振动之声也,类汽车之发动机。又,三角梅之三片彩色花瓣,实为苞片,藏匿其间之黄色花蕊,方为花朵。叶片抢风头,喧宾夺主。常识不明,则习以为常。

知　了

　　白日蝉鸣,夜闻蛙鼓,此乡居之趣。今岁山房多薄翅蝉,体型似螽蚸,略小于蚱蝉。趋光,夜聚灯下,胜演唱会之壮观,白日观之,厂横遍野,触目惊心。蝉类也,有翅,莫可高飞,有口,凄苦干噭。其寿短哉,苦耶? 乐耶?

除　湿

　　暴雨骤至,室内过湿,以机器除之,日倾二升水,橱中衣物、书籍潮而霉生。近立秋湿气沉,湿度降至六十,温润舒适。忘关机器,通宵突突,然晨起见桶内空空,讶然复释然,此天地大道,不可逆也。

消　暑

躲居室，避高温，读雪夜文章、观冰霜画，觉刺骨之凛冽，周遭起寒意，渐得清凉，此消暑之一法也。若胆怯者，可白日闭门窗，播恐怖鬼片，则汗毛倒立，冷汗淋漓，此又一法也。

又，杨君东诚好茶，作石窟茶室，临水库，掘石壁。洞外烈日当空，室内水珠涣漫，寒意浸人，凉风沁心，真洞天福地。然恐湿气，不宜久居。

瑜　伽

雍城雷君田伦，身柔韧，近六旬，倒立翻滚，俯仰自如，若装弹簧。自修瑜伽，每日微信朋友圈晒小视频。做公益课堂，其一乐事也。

免　费

入城采买,某市场新开张,有配套停车场,设一刻钟免费,遂一改往日挑三拣四之旧习,速战速决。每出场,电子语音播报:收费零元。不胜窃喜,难掩赢家之态。又某日,有小贩言,生意大好,除却缴纳停车场配套费,利润亦高于先前。何故,人因心念停车费,少却磨磨唧唧,出货倍于往日。余闻之愕然。

飞　爪

农夫城中兜售老母鸡,指认辨别之法,有飞爪也,长于腿脚之不着地处,为一凸出骨节,盖年龄所致也。某生买之宰杀,烫毛褪皮,飞爪脱落,细究之,竟然一树脂仿生者。老母鸡装义肢,闻所未闻也。盖以鱼目混珠,虚增身价耳。

搭便车

村中邻居,孩童入学,晨昏往返,步行数里。每相遇,停车力邀,捎带母子同行。某日至其家,院中赫然一车,问其故,对曰:"喜走路,锻炼也。"余闻之大窘,若童年学雷锋,抢着扶老奶奶过马路。

好　字

路遇垃圾桶,大书家宴二字,硬朗有碑味。所谓高手,乃三岁童子与积学大儒二人,此处应补民间野人,因其书写无心理负担,无名利压力,故,施施然而信手一挥,恰恰最不起眼处,无意乃佳,大作生焉,不输展厅庙堂。

拍高球

幼儿抛球,欲挑战成人。其母应战,定新规则,高立高拍,先行示范。初,儿跃跃欲试,高立顶端,恐,而不能拍一球。呜呼,世间强弱有别,参差难齐,唯规则弄人矣。

大　草

书法之狂草,谓之大草。日见草坪一株牛耳大黄,借牛年之牛气,恣意开张,旁若无人,唯我独尊之气概,赫然惊人。此真大草也,目睹而心生艳羡。

阅读书法

文字肇始,为传情达意;科技昌明,数码代之手书,书法而为专门之视觉艺术,与大众相去愈远,日渐式微。颐斋陈振濂倡阅读书法,并力践之。令书写回归于文字表达,无须刻意经营,内容先于形式,方无意乃佳,若《兰亭集序》《祭侄文稿》《寒食帖》诸名作。信然。

书法创业

网络通途,海量受众,书法亦为商品,闻某生闭门苦修数载,网店爆红,好之者众,月入数万。细究其大作,果真字大墨黑也,然无关书艺。江湖时有弄潮儿,唯待岁月验真金。

卷五 闻见

金点子

商业突破,创意乃不二法宝,初,不敢轻易泄露,敝帚自珍。时过境迁,市上或已有之,仅作茶余谈资,颇遗憾。后有所思,逢人则鼓吹,无视邻座暗示。乃曰:"诸位闻母鸡孵鸭蛋否? 鸭蛋依然为鸭,基因是也;母鸡,权做干妈之劳。试问鸭之幸福,诸位懂否?"

老谋深算

世间事务,想多做少,而时不我待矣。遂寻年轻才俊,以项目创意辅助上马,或占小股或做义务。久之,遂有孵化导师之谓,秉承以其过期作废,莫如成就他人。好友戏谑曰,汝土中埋算盘——老谋深算也。

同　名

前日自宜宾乘动车,闻语音播报"成都东站发往成都东站",起点与终点同名,以为错觉,沿途侧耳辨别,皆如是也,不解。另,夫妻同姓者有之,如近日风口之贾浅浅,夫婿亦姓贾,此为贾平凹某散文集收录《于女儿婚礼之讲话》,故知之。德阳某医院,有夫妻同名同姓者,乃为一佳话,见诸媒体。

坦　克

三星坦克手,烟火业金手指,五旬出川,直捣黄龙至烟火业腹地之浏阳,推东家上市敲钟,吾闻捷报而书"惊艳"赠之。某日,余骑车过街头,其闪亮登场,身旁停一火红之牧马人,若骑枣红马之关公,愈增豪情。

左 书

　　莫言喜左书,余青年时亦有此戏,喜其异趣,呈以某师点拨,遭呵斥曰:"蜀中某家,云书左画,为右手偏瘫故。汝四肢俱全,何故自贱?"自此,不复为之。

创作者

　　有媒体谓之抖音新增近二亿"创作者",去中心化之传播,盖用户皆为作者与受众,双重身份矣。然所谓之创作者,边界模糊,非昔日之专业人士。闻之而笑,拍菜单,发美颜,此时风也。内容有营养,自会沉淀,方可历久弥新。

肉喇叭

闻门外人唤,高声呼之,不应,停歇片刻,又呼。后,有回应,一呼一答,旁若无人,若羽毛球之对打。或许,呼叫者耳背,应答者又气弱,故费时费力,依然无效沟通,更累及旁人,不堪其扰也。

电　话

手机对话,便捷高效,无时无刻,互联互通。常于街头闻路人大声独语,作田间劳作高声对答状。微信起,即同桌,亦惯常借机器作手谈。

矜 持

近水楼台先得月,为何"木匠没有板凳坐"?少年时初闻此语,大惑不解。近有媒体约稿,推广染云,受命自撰稿,参照示范,欲自夸而词穷。方领会木匠之难处,苛刻于自臻完美,终无结果。且罢,留一分矜持,待他人评说。

垃圾池

某日行走乡村,道路平整,屋舍俨然,一垃圾池杂乱不堪,满地狼藉。问乡邻,答曰:"政府未派人来收拾。"呜呼,一屋不扫,何以扫天下?况日夜休养生息之所,何故赖于他人之责?村民惰矣,古风不存。

作　揖

新冠疫情,常态防疫,有倡议曰不宜握手,复古为打拱作揖,甚好。旧时武林中人,儒释道弟子皆各有拱手礼,遥想前人之分餐制,重礼数,别尊卑,保安全,古已有之。

锻　炼

客问健身之法,余答曰:"无他,唯伸个懒腰而已。"尝观猫狗,睡足起立,伸腿前倾,后坐,复撒腿狂奔。

读 书

一本未尽，一本勿开，古人童蒙训课，有此语。然余之读书法，若食大餐，数碟罗列，读一句，引申他处，复翻阅之，则枝蔓横斜、牵连映带，所谓书越读越厚是也。

大 海

昔日将领征战，运筹帷幄，必悬之地图，心怀天下。吾喜海之宏阔，然未能时刻涉足，村居之案头，储沙砾贝类，则若踞礁临波，以观沧海，怡然自得也。

墨　盘

母亲常言,村中某熟稔《易经》之堂伯父,曾过先父坟而惊呼,此宝地也,山呈笔架,塘作墨池,后辈必出文墨人。及全家离乡进城,儿孙陆续成人,无一学而优,唯辍学者排长龙。前年回乡,堰塘墨黑,乃镇上污水倾泻囤积,果如一巨型墨盘,归告八旬老母:"愿望成真其一也。昔洗菜涤衣之清塘,游鱼可数,而今墨黑一塘,果如墨盘矣。"母闻之,怒且悲。

柿　树

柿者,色橙红,可染布,冬日暖阳,叶尽脱而果实累累,其色灿灿,夺人眼目。寻山民树林,得一大树,移之染云院内。百般呵护,未能成活,心有戚戚,以为憾事。入冬,妻复巡于山林,窥见数株,心动,意欲谋取。余恐再度毁之,凛然阻挡:"欲眼观欣赏,可对望取影;欲品尝,可讨要之。世间事,岂能尽如人意,留一念想可也。"

变废为宝

旌城龙振宇,自花艺入装置艺术,善做空间改造,以废弃旧物重组,每有新意,艳惊四座。询之作品意图,皆讷讷而语,欲言又止,不作滔滔论述,观者自悟可也。近日,于城中楼顶,作一禅意庭院,品茗焚香,惬意非常。若将二大狗,换作一松鹤,则真真凡间仙客也。

竹　编

七旬陈叟,闲暇以竹编为乐,逢集日易之沽酒,自言无师自通,乡民随身技艺也。然仅作背篓、簸

箕、竹筛之日用小件。晒席、箩筐、斗笠、扇子诸物,
须专业篾匠。尝曰:"吾不作烘笼,夹胯下,走霉运;
吾不作牛嘴笼,捂牛嘴,罪孽深。"

竹变种

　　蜀地多竹,环绕民居,谓之"竹林盘"。竹之功用
多矣,衣食难离。农耕式微,竹亦衰矣。陈叟云:"开
花生虫,脆无韧性,徒有其表。"路人曰:"闻一传言,
某人有竹生稻米之技,已成,稻谷漫山,取之不竭也。
有司封锁,恐天下人自此懒惰,人种退化。"

标　配

　　东一环某学堂,建筑新构,有钟楼高耸,友人指
而笑:"今人计时,焉用钟鼓,费巨资作此物,何益?"

余曰:"非计时实用之功,精神堡垒是也,校园之标配,乃一符号化之象征。"

藏　书

少时迷武功,兄长有《少林易筋经》而偷学之,埋书于校园后山之沙洞,越一旬,取之,霉烂不可读。

酒　瓶

公园有道观,楼阁古意盎然,人谓之墙外红尘滚滚,院内清苦静修,钦佩之至。复见门口垃圾桶中盒装酒瓶甚夥,观中必有豪饮之徒。

高　音

　　周末市集，流动摊点，聚集村道，有夫妇售卖甘蔗。妇称量斤两，夫操刀削皮，配合默契。遇一老叟，妇按需选定，高声问答，言行恭敬。余与身旁人耳语："料知摊主家有老人听力不佳也。"后问询摊主，果然。

纠　缠

　　藤缠树也，借力攀附，天性使然。山间偶遇一藤，壮硕、高耸，粗若麻花。初，有细枝条，为双藤绞杀，日久，双藤互缠，自生自长，遂顶天立地，此自力更生也，甚奇。

霜　雪

　　读《千字文》,露结为霜。冬日村庄,天寒地冻,晨起霜浓,朦胧灰白,念及中年,两鬓飞霜,此之譬喻,极为贴切。

捡　漏

　　某公好古,尤喜山村搜寻旧物,古旧家什、石臼石磨,以废旧价廉而得,稍微修缮,重新组合,沽价不知几翻也。某日,有祠堂拆除,梁柱甚佳,公往视之。至现场,公欲低价购之,因顾左右而言他,临行之前,手指木料,高声言:"今冬炉灶,柴火丰矣!"越明日,公上门取货,见守祠老翁锯木为柴,堆叠以待。公捶胸一叹,拂袖而去。翁愕然呆立,不明所以。

柴　门

　　染云大门,设计之初,方案若干,皆高大上也。房屋落成,尚难抉择,遂匆匆以低矮竹篱临时应付,久之,未觉简陋,竟不复有建大门之意。

网　瘾

　　八旬老母,默然枯坐,四姐目睹,甚怜之。寻淘汰之智能手机,与之刷抖音,则沉湎其中,乐不可支,其痴迷之态尤胜网瘾少年。呜呼,网络深似海,回望离岸遥。

包　装

染云河岸,多野草繁花,取之作瓶插,四季变换,随时更新,来客欣喜拍照,谓之就地取材,胜过花市名品。

年会王子

时近年关,某公忙甚,总结会后,登台高歌,十年一曲,鲜活如初。公偶有闲暇于染云坐茶,闻成都爆某女生一夜串五区之酒吧,年甚少而消费高,众人质疑,公独笑言:"我有体会,职业是也。"

领　导

以官职称谓,历来久之,书记主任,职位升迁,官衔变换,偶相逢,倘以前职称呼,亲疏立见,颇尴尬。某甲,人缘佳,善交际,授一应酬秘诀,凡不明身份者,概以"领导"呼之。

生　客

染云初成,山房开放,客人云聚。待曲终人散,妻言:"遇人招呼,面孔似曾相识,却终是叫不出名姓,甚是无礼,惭愧惭愧!"几成心病,苦不堪言。遂携妻溜达山径,指认路边花草。初,一二名称张口出,复再三,则迟疑不定,再之,则茫然! 吾大笑:"此花草千百年在此,你亦熟视无睹,况一二陌生来客?"妻遂释然。

标　语

　　街头巷尾,标语遍挂,弘扬正义,启迪蒙昧,出入要道,举目得见,阵地无处不在也。初,疑徒具形式耳。孩童散学,沿途指指点点、念念有词、流利成诵。若言人生忧患识字始,而开启智慧、奠定根基,莫不赖于识字之功劳。回顾幼年识字,亦是墙头标语启蒙也,早于课本,每日目睹,而烂熟于心,终身不忘。

废　纸

　　家中八旬岳母,最喜拆解网购包裹,非同享新置物件之欢欣,乃喜得纸箱换零钞,买烟。忽一日,以包装纸写字,手感颇佳,遂每每抢在老太太前,不论厚薄大小,正反两面,凡可落脚处,擘窠大字及蝇头

338

小楷,密密麻麻无空白处,反复观之,颇为自得。再度予老太太售卖,斤两只增不减,老太太复又眉开眼笑。念及少年时习字,报纸写墨字,复作挂面包装内衬纸,循环多用也,此癖好历来有之,而今继续发扬。

买　奖

　　某公雅好艺文,或画或诗能自通,无门无师称天趣,作品见诸各大微信公众号,冠之于"名家专栏"。尤喜参赛,每投必中,年度重磅纪念刊,凡台历挂历,与古今名人并列榜上,欢欣鼓舞,四处报喜。有好事者细究,出品机构皆子虚国乌有乡也,作品集者,快印店之打印物,费重金,得数册劣质样品而已。乐此不疲,十数载沉醉其间,乃马家店扁经理之忠实客户也。呜呼,装睡者,呼之不醒,非不自知也,若窥风月宝镜,沉湎自渎,悲乎?

店　名

　　客至高槐,问:缘何此村较之某地受人偏爱,答曰:业态? 建筑? 环境? 否,名称是也! 君不见,"遇见""不远""芳华""卓尔""三月""星月池""染云";彼处曰"农家乐""烧鸡公""哑巴兔""渔庄""烧烤"。前者虚,生诗意,后者实,土气焉。

书　院

　　某公过一公园,酒旗翻飞间,复见书院匾额高悬,此起彼伏,夸赞斯地学风浓郁。陪同者连连摆手,苦笑答曰:"非也,此书院乃茶室耳,非彼书院之学堂,目下流行风也。"公闻之愕然。

自管群

村中设自管制度,共建共管,以运营者、村委、商家、村民联合决策,大小事务,预先公示,以共识而实施。此高招也,摒弃自利,民主自治,乡村治理之有益探索。

"一个植物人"

马君小兵,前媒体人,痴迷植物,矢志有年,自署"一个植物人"。初闻一惊,复莞尔,其心昭然,笃定若此,当敬之。

单人蜜月

蜜月者,夫妻新婚燕尔,共度良辰之谓。吾师西蜀书家洪氏厚甜先生,创孤身度蜜月之奇事,此为亘古未遇也。彼时,师游学中原,婚后启程,亲友贺礼,仅供单人往返,故有此行。此为师母闲暇言之,众弟子闻之,一片唏嘘。

曾颖八岁

作家曾颖,朋友圈晒图甚勤,白描手绘,街景人物,民国风扑面,或临习或写生,生涩有童趣,每落款曰"曾颖八岁"。

以文会友

写一书,曰《创客养成记》,实录精短故事,分享创业心得。置闹市咖啡馆,时有读者添加微信,皆言阅读图书,颇有收获。甚喜!

纸　币

央行曾发文,严禁支付机构宣传无现金支付概念。呜呼,随身皮夹,或称卡包,春节时兑换纸币,时近一年,至今犹存。

卷五　闻见

343

打　卡

近闻都江堰钟书阁，网络多有诟病，华丽炫酷，图书顶天立地，人气剧增，却非读书，尽为拍照发圈，谓之"打卡胜地"。书店曾现倒闭潮，复又反弹，以单纯书籍供给，变身文创空间，为自我造血。商业革命，适者生存，然，图书渐趋没落，权作妆点之背景耳。呜呼！读者多为叶公矣。

竹　杠

谷收时节，妻驾车过绵竹村道，碾破一竹耙，遭主人拦截，以买竹及一日人工制作费为由，索价二百。双方讨价还价数回合，方以一百五成交，妻付钱

344

走人。归家，忽后悔未取走竹耙，焉知后来者，又有几人遭殃。

地震预警

自蜀地汶川"5·12"大震后，川人遇微震，无惧色。前日居高楼，忽闻警报，随即楼体摇晃。呜呼，预警与震同步，此非预也，乃"遇警而报"也。致电染云山房，那厢离城十里，村庄平地，竟然无感。

扫微信

停车加油，曾闻微信支付存安全隐患，询问收银员，那端急切回复："扫码无碍，站内新设油气回收，闻之无味，何来源头？油罐防爆，斗胆言之，举火把跑，亦平安无事。"闻之不禁噗嗤一笑。倘真举火把于加油站内狂奔,拍视频,发抖音,定然可上头条,风头盖过丁真。

小　鲁

什邡马祖,有小鲁工厂,小微展柜制作商之聚合地。初,疑为鲁姓老板。登门,赫然见铭牌曰"柜族部落",复见小鲁工厂大字前之徽标,乃一手推刨图形,恍然大悟,貌似自谦为小木匠也,实则有"吾乃鲁班传人"之魄力。处智能时代,倡匠人精神,叹服。

设　计

途经民航飞院,或墙头半截机头,或走廊一段舷梯,或站台两片机翼。平面画作兼立体模型,凸显飞机文化是也。路人疑曰:"满壁涂鸦,一地残骸,美乎?"

活　法

王立拍公益纪录片，讲一血癌患者自救之路，求题片名《活法》。遂以赤红之朱砂，刷二大字，虚笔处似血色游丝，若求生之欲望，淋漓尽致也。甚满意，无意乃佳，墨迹未干，急急拍照速递过去。

高　粱

高粱抽穗，傲然朝天，硕大饱满，似有千百籽，丰收在望也。专家实勘，笑曰："汝浪费土地，如此稀疏，单株壮硕，堪比独生子女之优待。"余苦笑答曰："非吾本意，实乃雀鸟厉害，啄食土中种子，幸未赶尽杀绝，阿弥陀佛。"

驱　蛇

　　邀专家视察田间,临行,小木携一登山棍,神秘言曰:"驱蛇。"烈日当顶,蝉声若潮,水稻、高粱、玉米,逐一巡检,授追肥与治虫秘笈。忽闻前行者惊呼,一粗黑乌梢蛇横于田埂,闻人言而昂头吐信,旁人急急打草,哗哗有声,蛇影应声而逝。

五　环

　　逢奥运季,居家避暑,东京快讯,荧屏同步,赛场风云,忧乐与共。每就餐,皆四菜一汤,小儿以菜碟拼为五环之形,若隆重之仪轨,以示加油助威。中国健儿夺金,全家齐唱国歌,复举杯以贺。

古　琴

　　旌城孤雕者,善琴,尝游长安,获一古墓败杉之佳制,黑褐温润,云纹隐约,甚爱之。夜半寂寂,临窗操弄,清越浑厚,回荡楼宇,如泣如诉。室内爱犬闻之,坐卧不宁,喉头滚闷雷,作势欲吠。帘幔翕动,似有物来去。孤雕洞开门户,于夜空大声对语,复返身焚香祝之,遂安宁。此孤雕与余闲话,亲言之。

魅　影

　　京城高雷,客居德阳,设书院于东山,周遭柏木森森,园后坟冢累累。开讲日,座无虚席。散课,一听众阶前趔趄。某日中,高雷领诵《地藏经》,毕,窥窗外魅影憧憧。此高雷返京前闲谈传闻之语。

烧　窑

　　叔父为砖瓦匠,学艺之初,随师烧窑。窑炉焰火幽幽,至黎明,柴禾欲尽,瓦坯尚触手冰凉,临近之堰塘,水温骤起,隐约有氤氲之气。急急唤醒梦中师父。师跃上瓦窑勘探,面东方立定,瞑目而喃喃,忽极速褪尽衣裤,裸而撒尿湿透红内裤,返身拍上窑门。窑内烈焰忽高起,热浪灼人,久久不息,未几,柴禾尽而封窑洞,数日开窑,瓦片铿亮,击之有金声。

托　梦

　　清明祭祖,岳父坟墓修葺一新,连襟达贵笑言:"与时俱进,丈人享福,土坯变楼房矣。"是夜达贵得梦,丈人抱怨之,汝等封闭院墙,无门可出入也。清晨复倩人开凿,外围留一缝隙。乡间坟头,多有洞窟,若院中来蛇,谓之家蛇,相传乃祖上化身,时有返家,不可伤及。未知丈人化蛇否?

母　猪

连襟赖兄言,乡间母猪,杀之取肉,皮厚肉绵,几不可食也。母猪产仔哺乳,乳房硕大,人皆可辨识,必无人问津。有母猪贩子,专收久不受孕者,以钢钎烧红,自肛门入,一声嚎叫,腹部乳房,应声而没。

飞　翔

吾乡一翁,笃信某教,一日得梦可飞行,遂于山崖平伸双臂,作势起飞,坠崖。求医数月,保一命,腿残疾。此笑料,流传乡间久矣,其子女问罪教友,欲对簿公堂,无果。有学医后生闻之,乃曰:"非教会之过,老年臆想症也。"遂息。

三　儿

余少年时,惧夜行,母缝一布偶,手足骈连,环抱金瓜,内置枪砂、火柴、大米诸细碎物,盈盈一握,怀揣之,名之曰"三儿"作护身符。独行夜路,昂首挺胸,放声歌唱,三儿作伴,孤胆愈壮。心无所倚,则虚也。及长,无需护佑,以之为羞,遂弃。

道　者

偶遇玉皇观道长,席间言及太极图之"S"线,一画开天,乃生阴阳。造字之音,亦暗藏玄机,若"生、死、食、时、尸、始、神、思、是、事、师、史",贯穿人生虚实,皆在此曲线中。闻之一震,甚觉有趣,此一家言也,以资谈助。宋太祖尝问赵普:"天下何物最大?"

赵答曰:"道理最大。"此言若西谚之"吾爱吾师,吾尤爱真理",凡涉道者,大哉,诚然也。

扶 贫

央视寻访手艺人,阳平关小镇,某祖传之铁匠入选。导演摄像到场,见烟熏火燎之老店铺焕然一新,门头鲜亮,墙壁洁白,铁匠西装革履以待。导演索图,示一赤裸上身、铁花飞溅者,铁匠唯憨笑之。一干部曰:"铁匠上央视,镇里有荣光,扶贫干部自费改善落后面貌……"话犹未已,来客已返身,留干部窘立当场。

释 名

客至高槐村,皆欲寻高大槐木之所在。村人曰:"此地有高店子、槐树垭二村,经合并,各取一字,乃成此名。"高槐木或有之,久远事也。村名合并,历来多见,城北之红伏村,即为红光、伏凤二村之名合并而来。

雨　伞

小米出品,必带科技。获赠一雨伞,并无二致;细究奥秘,伞柄可做手电,夜行有光也,亦算创新。余早年曾献计某手机,做紫外线闪光灯,辅助验钞,其同理也。

时　髦

余少时,流行将裤腿侧边熨烫出笔直线条,以示时尚,面料高级。普通棉布,即令通宵叠压,压痕仍

354

不持久，上身片刻即消。邻座女生，家有缝纫机，于两侧裤腿各缝一细褶痕，经年不褪。

署　名

仓山朝龙寺，殿前有联赫然落款曰"某县文教局原副科长某某书"，目睹而咋舌，恋官贪爵至此者，不知其后嗣至此，荣耀乎？汗颜乎？

牵牛花

牵牛性倔，藤条蔓延，乘隙入室，若急行军，尖头探寻，日增一米。裸茎无叶，数米开外，有湿润气，忽悄然生根散叶，花开三朵，与室外无异，恐成大患，无情剪除。

包装纸

每拆包装纸,凡能着墨者,必临写一通。前日一破纸,乃宣纸外衣,试笔鲁公《祭侄文稿》,竟心手双畅,一气呵成,张壁间,不忍弃之。

书　店

凡遇书店,脚步径入,遇心仪书,摩挲不已,其志忑者,售价与网购殊异,旅途劳顿,难耐背负之苦,故多翻阅而少成交。推而广之,尤其景区书店之命运,大抵若此。日前于安仁选数本,多数书口泛黄,依然原价沽售,询之店员:"私营耶? 国营耶?"知其乃上市机构,故有如此豪门做派。再推之,时见网络之奇幻书店,或在沙漠,或在荒村,美轮美奂,吸睛无数,然其本质之阅读效用，无须明言。又，德阳一几何书店，数次探寻，仍在筹备中，未知营业日，尚需待几时。

版　权

沈启无编《近代散文抄》，皆晚明公安、竟陵诸公小品，流布甚广。近年有出版者欲重刊印，访其家属，委托版权事宜。忽生疑窦，辑录者尚有版权收益，况原作者乎？时光久远，大浪淘沙，美文权属，有待征询专家。

蜈　蚣

蜈蚣，剧毒，黑夜游走，自带荧光，如磷火，实可怖也。书房近庭院，地气潮湿，蜈蚣生之。偶遇一成虫,已气绝亡枯,其色青,鲜亮似塑料玩物,真假莫辨。

蝉 哀

盛夏蝉鸣,其声哀哀,地下经年,苦其日短也。闻消息曰:"近年蝉少矣。"有专事饲蝉者,以亩计数,未知其妙。庄子有言:"夏虫不可语冰。"世间事,多为盲人摸象,窥其全貌者少。

山 火

壬寅炎夏,渝州山火迭起,云集摩托勇士,转运物资,舍命奔突,其奋勇姿态,风靡网络,震撼人心;滇消防驰援,施"以火攻火"之法,遂灭。

花馨楠人

一花果店,名曰"花馨楠人",初睹其名,未觉有异,复念叨之,不觉一番大笑。取其谐音,调侃有加,顾主欣然来去,数年门庭若市,怪哉。

一把火

祝融施火,螭吻灭之,相生相克也。消防者,其天职,闻火而动,灭之后快。其比邻一夜啤,赫然大书店名"一把火"。烧烤者,须明火,亦求营生之红红火火。日暮夜凉,酒客蜂拥。名火,此言不虚也。时有应急车呼啸出入,未知目睹其名者,作何感想。

烟　染

　　什邡有烟,其色深褐,棉麻丝绸,皆可着色,偶一为之,甚佳,为首创新品。巧逢烟斗丝品鉴会,则以烟染文创,烘托氛围,意外之举,珠联璧合。染云湖畔落户什邡城东村,遂锚定烟染,其大可为也。

纪 录 片

　　新农人进村,原住民返乡,高槐,好戏连台;剧作家唐君跃民召集队伍,作一纪录片,逐户遍访,搜罗筛选,以十集之巨,情景再现,自炎炎夏日至落叶飘零,历时半载始成。言及手作艺人之执着、公益志愿者之艰辛、生态农耕者之钟情,数度哽咽,几欲泪奔。

绘　杯

手作达人碎碎,嗜绘事,凡可涂抹处,无不着色。新开咖啡馆,借纸杯作画,费心尽力,一杯一画作,欣欣然乐此不疲。未知品饮咖啡者,空杯肯舍否,买椟续新篇。

窑　洞

山顶一砖窑,取页岩粘土,揉搓挤压,制成砖坯,烈火淬炼,红心通透,火砖成矣,敲之,若击金属。斗转星移,熄火歇业,窑洞空置。遇有心者,巧作修葺,辟以茶室,日影辉映,长廊别具异趣。

撞大运

新春佳节,山房客满,内外拥挤。一银发老太,躬身疾走,碰触玻璃门,轰然有声。陪护者惊恐验之,无碍,复嬉笑而言:"新年撞大运,恭喜,恭喜。"老太一乐,摇头晃脑曰:"晕,撞大晕了。"

博物馆书

闲来翻书,故宫观展,有书店及文创品,购历代名品荟萃,返家观之,不忍复睹,铜版纸印刷拙劣,尤可憎者,竟然附有"当代名家之一百",皆村夫野老、门外学子之涂鸦,皇皇一整页,有巨照、简历及作品,遂大呼上当。又,于西安碑林以巨资购得一巨大宣纸线装之墓志拓片,闲暇比对,非原版所拓,乃木刻新版,走形偏差。悲乎！自认又交"智商税"一回。然,以堂堂官方场所背书,如此祸害,有司岂可无责?

钞　票

两发小,一张一王。张姓者发迹返乡,聚众宴饮,入一农家乐,餐桌欹侧,摇摆不定,张取怀中钞票若干垫桌脚,众皆愕然。开怀畅饮,席散,众人相互搀扶,结伴而出。王结舌而问:"汝桌下那物?"张摆手曰:"开心否?吾已过河,汝还念着那背上之女子?"

刻烛赛诗

齐白石"隔壁通函",好友黎雨民,迫其书信,三月,始老实成文。刻烛赛诗,比之曲水流觞,前者更便捷。

"穿越"

某君带老人自蓉城至西安,乘动车,自剑门关始,隧道密集,接连穿行,暗不见天日,索性瞑目养息。待到站,惊觉才过半日不到。遂称:"原本一日路程,如今恍如穿越。"

夜　电

夜闻陌生来电,意恐有诈,欲拒之,然已本能接通。甜美女声,礼貌有加,先致歉意,复言事由,乃京城某报编辑,深夜编版,征询文稿版权也,遂呵呵一笑。电话欺诈,骚扰所困,虚实难分,干扰秩序,实可恨也。

理　财

　　某兄善理财,远避实体经济之烦琐,逍遥于证券股市,每出手则丰硕倍之。与人言,观测行情,若观云,知团聚必有雨,而待之。预见也。人谓"能人做事,高人做势"也。

雨伞租赁

　　读晚清之《点石斋画报》,某商行,作雨伞租赁,随借随还,异地归还,年租,表示身份。此古代之共享经济也。

新　旧

曾赁闲置营房,作餐饮休闲处,房屋老旧,遂整修一新。友人致贺,观其新貌,大摇其头,宜保留其特色、标语,彼之乃无价之文化也。

复读学校

闻教育新政,杜绝初三、高三复读,一锤定音耳。某年途经西安,见一望子成龙学校,专门招收"初四""高四"学生,不解。时有社会考生,已经老头,可谓终身学习。学霸,固然值得赞赏。然,学以致用方为正途,切莫本末倒置,把学习当作终身之事。有钓鱼爱好者,终日死守,日暮,得鱼数十尾,悉数倒入池塘,旁观者大讶,此人笑曰:"此自有乐趣也。"

农家咖啡

客来高槐,妻做导游。路见灼灼桃花,客攀折一束。忽有三岁孩童飞奔而来,客惊,恐遭无理取闹。及近,孩童脆声问客:"阿姨,咖啡饮乎?"虚惊一场,莞尔一笑,此咖啡之村,顽童亦知揽客矣。

敬　茶

周末,某夫妻村游,遇山房一茶客,乃其老上司。忽飞奔而至,恭敬有加,旋称备好茶相送,返身复奔车场。客阻拦之,无果,自顾苦笑。待来者匆匆回,举一小袋,高声言,此大红袍,十年珍品,得之不易云云,并客气作别。客坐良久,茶凉离座。小袋茶仰躺桌面,原样如初,若涨红之脸膛。此中必有故事耳。

味　道

某茶艺馆,老茶客于耳畔云:"此间易主耳。"余怪之,环顾四周,未曾丝毫挪移,何以见得。答曰:"味道。"无形之态,眼观无异,心可辨别。在人之姿态素养、在室内之音乐、温度,此即气场也,为空间之灵魂。

归　朴

长沙张跃,空调业兴家,国内首批买私人飞机之富豪也。以缩小版飞机模型为礼物,广为送人。后致力于环保,飞机、豪车于场内做展示,不用。出行仅乘普通商务汽车而已。

儿童节

六一节,儿童乐。老妪还童,红领巾,翘小辫,涂血唇,抹腮红,扛大旗,着童装,唱童谣,不亦乐乎,此为节日一景,数日间,遍及城乡。

儿童节,进某小区,一高楼单元门,三小孩逢人分发礼物,新旧玩具,互赠,我们也为六一做贡献。此孩子的六一贡献。

洪　水

辛丑秋雨肆虐,不输夏日残暴,山洪咆哮,河水陡长,或奔泻入室,或积水漫车,冲毁道路,淹没庄稼,村中灾情频发。连绵数日不歇,时而雷声隐隐,若满腹怨气不得倾泻。

露营

今之世也，露营之风盛行，人皆爱野外撒欢。《清嘉录》有载："洞庭西山之址，消夏湾为荷花最深处。夏末舒华，灿若锦绣，游人放棹纳凉，花香云影，皓月澄波，往往留梦湾中，越宿而归。"此岂非彼时之露营族乎？遥想其装备，吃喝拉撒，一船以载之，与今之房车何异哉？时过境迁，然人趋自然之秉性如一也。

浮世绘

壬寅冬，闻"浮世绘"足于百日千回，众皆欣欣然，设宴以待。一席美酒，满堂烛光，贺始作俑者千回百折之功。晴窗女史费心拟稿，诗者蓝翁朗声致辞，更兼献联语，赋名号，谓"九宫太史"，似戏谑，无恶意，其心也诚，其情也真。片刻餐叙，举座欢欣，暖意足足，仪式满满，不输彼岸球场之乐。

此一众布衣散仙，闲人野鹤，举君子之言行砥砺，若羊儿之结队互拥，息息相通，故而群之。网事繁复，乱花迷目；人情纷争，清浊混流，眨眼即为过往，当下亦成历史。闲来且话人间烟火，尔我莫非花草虫鱼。

其间，有号东成西就者，年，未至含饴弄孙，力，犹可跑马拉车，秉持饱食而不废，睹世态怪象，拨叠层迷雾，献九宫美图，名之曰"浮世绘"。每出笼，则若以石击水，波澜兴焉。或会心一笑，或掩卷而思，粉丝与日俱增，皆言，读图成瘾，若一日未见，则惴惴难眠。

某亦忠粉，撰联志贺，书以存念，联曰："太史者谁，撷英幻境，针砭时弊，遍览众生悲欣承一脉；仁心可鉴，洞烛幽微，图说天下，万般浮世凉温绘九宫。"

席上才散，荧屏又逢，九宫千回，子夜登场。是日一聚，慨叹终生，东成西就拱手作揖曰："无言以对，感激涕零。"

世间事,持恒心恒力者,莫过于他人之鼓舞呼拥,遂躬身前行,愈得其力。故有赞曰:

新冠疫情,迷离纠缠,酒乡醉客,昏冥颓然。

东成西就,文摘新编,以己之心,遂众之愿。

目力近视,心胸辽远,年逾半百,情比少年。

网海捞针,九宫一版,点墨不缀,尤胜千言。

囿于幕后,推将席前,百日千回,功莫大焉。

卖　鼓

驱车郊外,路遇地摊,百十手鼓,阵容肃然。甚疑之,车轮滚滚,往来匆匆,何人闲暇,荒野买鼓?路边集市,或时令瓜果,或地方特产,或汽车用品,与此相宜也。老母常言:"河里无鱼市上有。"市者,集南北之货,错冬夏之季,故源源不绝。然货者,尚须对接需求,供给到位,好酒深巷,须得口碑。路旁卖鼓,莫非贼货。一笑而过。

洗　车

冬日暖阳,乡邻树下洗车,奔走洒水,左右涂抹,躬身擦拭,姿势夸张。碧绿庭院衬托,车身白光闪闪,分外夺目。观其殷勤模样,眼前叠映童年景象:当年,其父嘴叼旱烟,手执铁梳,为牯牛梳毛,早晚一次,若待珍宝。此牛,躬耕一村之垄亩。余叹曰:"果真三十年河东,三十年河西也。"恩哥笑言:"他没驾照,车是儿子的,路上有人,他就洗车。"

美　育

村舍屋顶,蓝色钢棚,若服饰补丁,有碍观瞻,此为时代硬伤。村中举美育工程,凡道路沿线,以色喷涂,融于自然。乡村振兴风浪猛矣,然,细节生差距也。

山　居

真山居者,须有田地,取食自泥土,肌肤亲泥土,识四时之农耕,非如此,不足以称山居。车马来去,林下小憩,脚不粘泥,则不识田园之趣也。

校　服

送娃晨读,校车列队,司机群聚,其着装也,近于校服。远观,放大版之超龄儿童也,颇觉滑稽,长幼并列,恍若时空穿越。

374

换　届

　　榕树常绿,开春落叶,满身披金,迎风落黄,一夜殆尽。新芽次第出,止二三日,复遮天蔽日矣。适某会换届,与会者装束端严,例行流程,齐仆仆竖掌表决,签字投票,圆满礼成,于广庭留影,其所背衬者,恰一巨榕,黄绿各半,图出,履新者会心一笑。

祭猪坚强

　　君讳坚强,别号三六娃儿,卒于辛丑五月初七,享年十有四。噩耗闻于天下,网络一片唉声。

　　君之祖籍异域,种族类曰长白,被毛白皙,蹄质坚实,头小清秀,颜面平直。体态丰盈,媚眼茸耳含羞;脂美精瘦,中华家畜主流。若非天灾,命运逆转,无情刀俎,殒命久矣。

汶川大震,困于废墟,三十六日,未见天光。不甘饿毙,嚼木炭以充饥;本能求生,吮雨露而润喉。其顽强也,三百斤身躯十失六七。炭精穿肠,粉尘灼心,污黑遍体,状貌嶙峋,一朝获救,泪挂双痕。极限生命,叹为观止,坚韧超纪录,出而天下惊,感动中国动物奖,十大榜首君荣登。

区区一家畜,堂堂生光辉,叹生命之奇迹,树重建之信心,精神之偶像,进取之榜样。其顽强若此,岂敢以肉身而食之,网友高呼:"坚强不杀。"

时有博物馆主樊建川,义士也,曾入伍、执教、入仕、经商,举毕生之力作抗战博物馆聚落,饮誉海外。立誓逝后人皮作鼓,叮咚鼓声续心跳,铿锵伟业有遗篇,以期微润补给馆养。震后作为,搜罗遗物,展陈以兹铭记。闻猪消息,亲顾彭州龙门山,愿奉金三千,肯收养终身,原主万兴明,两全得其美。猪君也,得名坚强,作别团山村,迁移至安仁,居豪宅,享美食,得专人照护,远庖厨之忧;幸哉,劫后余生,福报大焉。

坚强也,肉身保全,却无子嗣,耄龄而节育,畜界之天命。若即若离,闻人语而会其意;或卧或游,自带谦谦君子风。名夺八戒,爱胜佩奇;嘉宾亲晤,互映星光;游客惦念,誉满江湖。

寿有终,名致远。哀哀暮年,垂垂老矣,十四寒暑,六道轮回,正果修成,魂归故里,英名广布,不枉此生。呜呼哀哉!转阁主人辛丑夏至以联挽之:"卅六日地狱劫难,亦憨亦智得全归以报;十四载天年安享,善始善终增族类之光。"

不思进取

进取,乃科举之士子正途,求进而遇,为取用之,然,亦有心灰意冷者,弃科场而逍遥林泉,谓之"不思进取"。今之不思进取,乃呵斥颓废者,玩物丧志,不求进步也。

结　束

结束,收摊也。古以布作囊,摊之,则一一展露。收拾,则取对角而交结,束之,负之而行。故,以结束谓之事物之完毕也,其状活泼。今与小儿言结束,皆知完毕之意,然未得其来处,则一死词也。

潮　歌

歌者刀郎,蜀人,有西域腔,名曲响彻街巷。沉寂久之,倏出新曲,借荒唐故事,讽喻世态,戳中人心,一时解读无数,妪翁哼之,小儿念之。人问何至如此,余答曰:"此如夏夜扰清梦,'蛙鸣十里浑不觉,蚊嘤一声彻夜惊',非歌者所指,人皆借歌自解恨也。"

兔

绵远街秋日梧桐苍劲，其叶黄绿相间，别具风致。临街店铺，有中式茶舍曰"上吉"，靓女拍照，晨昏不绝。店主巧思，织一兔，拾落叶，日贴数枚，至全身满，正月圆时。此雅事也，堪比扫积雪、取荷露烹茶。日常诗意，人皆可得，存此心者，不只古人。叹曰："绵远梧桐数清秋，玲珑玉兔出寒楼。借得人间片片叶，解我万古寂寂愁。"

国　潮

围炉煮茶，书解颐之语，巨幅装点，谓之国潮，风靡城乡。

单车图

　　人之初也,四肢骈行,攀附奔跃,嬉于山林。琢石制器,心动物成;钻木得火,质变形生。躬身直立,手足始分,揖别猿族,肇启文明。车之初也,或驭驾于牲畜,或负载于人身。单骑西来,疾缓由人,家族繁衍,百载出新。感而述之:

　　泊来洋马,雅号自行,出圈瘦驴,不饲粮饼,钢筋铁骨,陆上飞轮。脚踏手扶,哪吒腾云,传书飞鸿,绿衣奔迎,出没城乡,自成一景。翩翩君子游,萧萧侠客吟,动而健体,爱之有氧;慢而低碳,喜其无尘。共建共享,疏堵减霾,随取随还,惠及万民。

　　日见破骑,骇然心惊,皮开肉绽,枯骨嶙峋,遥想崎路,风雨兼程,不闻竹萧萧,座上自写真。忆往昔,前拥小儿,后揽佳人,御货负重,几若全能。思而今,铁马既放,南山风清,谁堪驱牧,老而出征。且问看客,闻否哀鸣。

跋　旌韵高槐

马鞍东跨,龙泉南连。村落高槐,诗酒桃源。峰
峦拥翠,层岭含烟。绿道环绕,玉带横穿。作客村
舍,咖啡伴土菜飘香;优游山径,宝马与桃李争妍。
文旅地标,旌阳名片;振兴强音,盛世新篇。

伊昔蜂蝶自恋春色倦,空楼寂寥晨昏湮。幸得
野渡寒水雅趣多,杂花生树过客怜。新农人驻足,返
乡者回迁。烟火袅袅,蔬叶卷卷,柴门吱呀,紫燕喃
喃。职场忙人,尘世散仙。一杯清茶尽舒怀,半晌暇
日得松弦。逢其时也,振兴浪头,文创争先。潮扇悦
目,可赏可研。民谣醒耳,如痴如禅。植染手作,非
遗承传。书院访古,叩问先贤。陶艺木刻,重返少
年。美食佐美景盛筵,美宿伴美人安眠。寿丰河赏
樱,绿茵场酣战。豹子洞探幽,岩鹰山赛远。田野秀

美,央视荧屏奉鲜;儿童献艺,伽蓝培根在前。岁月流金,漫展画卷。高怀远志,广结良缘。更待嘉宾,故事新编。

甲辰春于高槐染云山房

槐乡偶书

文艺新实力
NEW FORCES OF LITERATURE

已出书目：

《茶洲记》

《如在》

《小小悲欢》

《县联社》

《在这疾驰的人间》

《行囊里的旧乡》

《地气氤氲》

《古玉生烟》

《磐安之往：两宋时期的士人与世相》

《槐乡偶书》